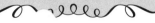

悪虐聖女ですが、愛する旦那さまの立ちたいです。

（とはいえ、溺愛は想定外なのですが）

2

雨川透子

illust. 小田すずか

I'm a cruel saint woman,
but I want to help my beloved husband. II
(However his love is unexpected)

Contents

プロローグ……4
一章　旦那さまと、旅立ちです！（とはいえ、大変恐れ多いのですが）……8
二章　旦那さまが、またもや出現です！（ただし、まったく記憶にないのですが⁉）……35
三章　旦那さまのお役に、立ちたいです！（もちろん、まだまだ頑張り中ですが）……81

四章　旦那さまとの待ち合わせです！（とはいえ、夢の中ですが！）……131
五章　旦那さまに救われているのです！（お傍に居られて、幸せです！）……183
エピローグ……237
書き下ろし　愛しい朝に口付けを……248
あとがき……268

I'm a cruel saint woman,
but I want to help my beloved husband. II
(However his love is unexpected)

プロローグ

春の暖かな日差しが差し込むようになっても、日が沈めばまだ冷え込む時期だ。この日の夕刻、王立魔術騎士団の団長室には、たくさんの団員の出入りがあった。

王室直属の騎士団長の部屋ともなれば、さまざまな喧騒《けんそう》が飛び込んでくるのが常だ。けれども今日という日の騒がしさは、普段のそれとは種類が違っていた。

「失礼いたします、オズヴァルト団長！」

「ああ」

執務机でペンを走らせていたオズヴァルトは、入室してきた部下のために顔を上げる。

「昨日団長にご指摘いただいた箇所ですが、国境警備の部隊からの返答が返ってきました。そちらを反映させた内容に修正していますので、ご確認を！　定例会議までに処理いただいたものについても、全件関係各所に回っておりますので」

「処理を急がせてすまなかったな。俺の都合で随分と振り回した」

「滅相《めっそう》もございません！　何度も申し上げておりますが、働き詰めの団長に休暇を消化していただけるのは喜ばしい限りです」

今日の団長室が慌《あわ》ただしいのは、明日からオズヴァルトが長期の休暇に入るためだ。

書類の下部にペンで署名をし、承認の証左となる魔法を施す。不在の期間中に滞ってはいけないものについて、これで大方が片付いた。

(休暇中に緊急の連絡が入る可能性は潰せないとはいえ、こいつらの負担を最小限に抑えることくらいは出来たはずだ)

オズヴァルトは椅子から立ち上がると、傍《かたわ》らに掛けてあった制服の上着に袖を通しながら言う。

「これ以降はお前とユリウスに処理を任せるが、何かあったらすぐに連絡しろ。このあとの夜間帯だけではなく、休暇中であっても躊躇《ちゅうちょ》はいらない」

「な、なるべくそうはならないように努めます……今回の団長のお休みを、お邪魔する訳には」

書類を抱え直した部下は、苦笑したあとでオズヴァルトを見上げた。

「なにしろオズヴァルト団長と奥さまの、大切なご旅行なのですから」

「――……」

鏡のようになった窓ガラスの表面には、オズヴァルト自身の姿が映っている。

オズヴァルトが視線を向けたのは、そこに輝く耳飾りだった。青と赤それぞれの守護石が、細い銀色の鎖によって連なっているデザインのものだ。

これを作ってオズヴァルトに贈った妻は、今日も家で帰りを待ってくれているのだろう。彼女による帰宅時の熱烈な歓迎は、毎日繰り返されている。

『おかえりなさいませオズヴァルトさま、おかえりなさいませ！　お会いしたかったです、帰ってきてくださって嬉《うれ》しいです、おかえりなさいませ……!!』

全力で喜びを表現しながらオズヴァルトに駆け寄って、子犬のようにぐるぐると回る。目に焼き付いてしまった光景が、オズヴァルトの脳裏に蘇《よみがえ》った。

「団長？」

「……いや」

オズヴァルトはふっと息を吐くように笑い、帰宅に用いる転移の陣を発動させながら言った。

「妻は我慢しているようだが、俺の部下に会いたがる様子を見せているんだ。旅行から戻《もど》ってしばらくしたら、お前たちにも妻を紹介させてくれないか」

「もちろんです！　我々も以前から団長の奥さまにお会いしたいと話していましたので、みな喜びますよ！」

「そう言ってもらえると有《あ》り難《がた》い。では、留守は頼んだ」

魔法陣に足を踏み入れたとき、部下が改めてオズヴァルトを呼ぶ。

「団長！」

「？」

振り返ると、部下はぐっと拳を握って言った。

「奥さまとのご旅行、楽しんできてくださいね！」

「……ああ」

そうしてオズヴァルトは、妻の待つ屋敷へと転移する。

「……団長が密《ひそ》かにご結婚されていたって聞いたときは、腰が抜けるくらい驚いたけど」

残された部下は書類を抱き締め、ごくごく小さな独《ひと》り言《ごと》を呟《つぶや》いた。

「奥さまの話をしているときの団長って、本当にやさしい顔をなさるんだよなあ……」

一章　旦那さまと、旅立ちです！（とはいえ、大変恐れ多いのですが）

『悪虐聖女』シャーロットは、この国の英雄とも呼べる天才魔術師オズヴァルトによって、その膨大な神力を封印された。

力を奪われた彼女の監視には、当のオズヴァルト・ラルフ・ラングハイムが就いたという。

残虐の限りを尽くしたというかの聖女も、自らを封じたオズヴァルトには抗《あらが》えなかったらしい。

オズヴァルトが彼女と居るようになってからというもの、彼女はオズヴァルトに甘えるような仕草さえ見せ、以前のような悪事を行うことも無くなりつつあるという。

『つまり悪虐聖女シャーロットは、公爵閣下が見張ってさえいれば安全だということか？』

『そうと分かれば、閣下には是非とも聖女から離れずにいていただかなくては……』

社交界でそんな論調が出始めたころ、当のオズヴァルトが、とある夜会にてこう宣言した。

『私はここにいるシャーロットを生涯ただひとりの妻として迎え、何よりも大切に慈《いつく》しむこととします。……すでに書類上の手続きは終え、国王陛下に認めていただきました』

驚嘆の声や不安のざわめき、令嬢たちの悲鳴が飛び交う会場内で、オズヴァルトは更にこう続けた。

『──残るは我が国の大神殿にて、婚姻の祝福魔法を授かるのみです』

悪虐聖女シャーロットはそのあいだ、可憐《かれん》な乙女《おとめ》のように俯《うつむ》いて、ふるふると小さく震えていた。

恥じらっているらしきシャーロットの姿は、日頃の傲慢《ごうまん》で高飛車な振る舞いをする彼女からは、決して想像もつかないものだ。

オズヴァルトはその肩をそっと抱いてやると、やさしいまなざしを向けたあとに、いつも通りの淡々とした表情に戻《もど》って顔を上げる。

『それでは今宵は、これにて失礼を』

こうした一連の出来事は、それからしばらくこの国を揺るがした。

彼らの婚姻が社交界だけでなく、王侯貴族から末端の国民、他国の要人たちに至るまでの関心を集めたのは、もちろん言うまでもないことである。

♥ ♥ ♥

「オズヴァルトさま――――――っ!!」

その美しい街を目前にして、シャーロットはきらきらと瞳を輝かせた。

水色の空から落ちる春の日差しが、あたりに柔らかく降り注いでいる。石造りの橋を渡るシャーロットは、開け放たれた門の向こうに見える街を指差した。

「見えてまいりました、あれが聖都ミストルニアなのですね……！　街の中央に噴水を抱《いだ》く、大神殿傘下の大きな街！　通りの横に並ぶお家がカラフルで可愛《かわい》くて、石畳の道も素敵です！」

シャーロットの纏《まと》っている淡い桃色のドレスは、袖口や胸元にシフォン地を使っており、涼しげでありながらも素肌を慎《つつ》ましく隠すものだ。

花の刺繍《ししゅう》やビーズがあしらわれていて、少しの風でも裾が広がる。

シャーロットがオズヴァルトの前をそわそわと歩き回れば、ドレスは風に煽《あお》られた花びらのように、軽やかに遊びながら翻《ひるがえ》るのだった。

「オズヴァルトさま、私幸せです……！　こんなに賑《にぎ》やかで綺麗《きれい》なところへ、オズヴァルトさまと訪れることが出来るだなんて！　古い時代の建築物や、街のあちこちにあるという可愛らしいカフェ。そしてっ、何より素晴らしいのは……!!」

シャーロットはくるりと振り返ると、オズヴァルトの前にざっと跪《ひざまず》いて祈りのポーズを捧《ささ》げる。

「春の光を浴びていらっしゃる、オズヴァルトさまの麗しいお姿……!!」

「――街。街とまったく関係が無いだろう、その感想」

シャーロットの世界の全てであるオズヴァルトは、神さまの作り出した芸術品でしかない形の双眸《そうぼう》を少し眇《すが》めた。

「ふわあああっ、オズヴァルトさまの顰《しか》めたお顔が……!!」

「…………」

そんな視線を向けられて、シャーロットの背筋がしびびっと痺《しび》れる。

「そうやって眉をひそめてくださると、お顔に落ちる影の形が変わってまたお美しいです……いえ！

もちろん！　どんなオズヴァルトさまのお顔も素敵なのですが‼　春になって外が以前より明るいからこそ、眉間《みけん》の皺《しわ》や睫毛《まつげ》による影が強調されていて……！」

「あの門を通過したあとは、儀式用の服に着替えて大神殿に向かうぞ。重要な目的は旅程の最初に済ませて、以降の行動に余裕を生んでおくに限る」

「今後の予定を組み立てていらっしゃるオズヴァルトさまのまなざしは、なんと知的なのでしょうか。うううっ、つくづく私に絵の才能があったなら……‼　この瞬間のオズヴァルトさまを描き留めて、それを貼り付けた馬車で街中を爆走していましたのに……‼」

「やめろ！　俺が立ち入れない街を軽率に増やそうとするんじゃない‼」

オズヴァルトは額を押さえて俯いた後、はー……っと大きく息を吐く。

「シャーロット。……来い《カム》」

「はい‼」

愛《いと》しい人に呼ばれたら、もちろん全速力で向かうまでだ。

ぱっと笑顔を作ったシャーロットは、オズヴァルトの元に駆け出した。オズヴァルトの懐に飛び込みそうになるも、そこではっと思い出す。

(こうやって走って飛び付くのは、駄目だと叱られていたのでした‼)

初めての夜会前に同じことをして、『ステイ』と厳命を受けたのだ。

オズヴァルトに迷惑を掛けないために、一度叱られたことを守るのは当然だった。慌《あわ》てて緊急停止しようとしたシャーロットは、けれども次の瞬間に息を呑《の》む。

「!!」

こちらに手を伸ばしたオズヴァルトに、受け止めるように抱き締められたのだ。

自分の顔が真《ま》っ赤《か》になるのを感じる。オズヴァルトが私用での外出時にしか付けていない香水の香りに包まれて、シャーロットは思わず息を止めた。

「……まったく」

オズヴァルトの腕がシャーロットの背中に回されて、いつも通りの溜《た》め息が落ちてくる。

「俺の元に子犬のように走って来るのはいいが、転ばないように気を付けろ」

「は、はひ……っ!?」

返事をしようとしたのだが、声がひっくり返って上手《うま》くいかない。するとオズヴァルトが笑った気配がして、シャーロットはますます息が出来なくなる。

「良い子《グッド》だ」

「〜〜〜……っ!!」

この状況で頭を撫《な》でるのは、とどめとも呼べる行為ではないだろうか。

「あのっ、おず、オズヴァ……ッ」

「俺たちがこの街に来た理由は？」

体を離しながら尋ねられて、シャーロットははくはくと口を動かす。

「シャーロット」

「そ、それは……!!」

ぎゅっと目を瞑《つむ》ったシャーロットは、促されるままお利口にこう答えた。

「婚姻のしゅふふ……しゅ、祝福魔法を授けていただくためです……！」

「その通り。俺と君の間にある婚姻の結びつきは現在、この国内でのみ通用する書類上の契約だけだ」

オズヴァルトとシャーロットは、正真正銘の夫婦である。

恐れ多く信じられない上、この世界の幸せをすべて凝縮したかのような事実だったが、とはいえ紛《まぎ》れもなく夫婦なのだ。

けれどもそれは、あくまでこの国の法律に則った手続きでしかない。誰が誰と夫婦であり、どの世帯に家族として住んでいるか、それを国が管理するためのものだ。

しかし、実のところそれだけでは足りないのである。

「いいか、もう一度おさらいするぞ？　本来ならば結婚には、二重の手続きが必要となる。ひとつは書類の手続きで、そちらについては君が気を失っているあいだに済ませている訳だが……」

「はっ、はい!!　ありがとうございます、幸せです!!」

オズヴァルトの言う『気を失っているあいだ』とは数か月前、シャーロットがオズヴァルトに神力を封印されたときのことだ。

悪虐聖女として振る舞っていたシャーロットは、国王の命令によって力を封印された。

その際に、シャーロット自身の目論見《もくろみ》によって記憶も失くしているのだが、恐らくは衝撃によって気絶している。

オズヴァルトはそのあいだにシャーロットを拘束し、彼の邸宅に連れ帰ったり、王城にて書類上の婚姻手続きを行なってくれていたのだそうだ。

「残るはもうひとつ。魔術によって婚姻関係を証明する、『祝福』を授からなくてはならない」

「オズヴァルトさまと私の結婚を、祝福する魔術……」

「そうだ。それが与えられれば世界中どこに行っても、俺と君が夫婦であることは明白となる――……シャーロット」

「…………………」

オズヴァルトの視線が突き刺さる理由は、もちろん理解してはいた。

シャーロットはきゅっと目を瞑り、自分の両耳を塞《ふさ》いでいたのだ。

「おい、何故聞こえていないふりをする!?」

「き、聞こえています聞こえます聞こえない訳がないのです!! オズヴァルトさまのお声が耳に届かないなんて、どれほど厳重な防音装置を使われていても有り得ません!! ですがあのそのあまりにも、『オズヴァルトさまと夫婦』という言葉の破壊力が高すぎて……!!」

「記憶が無い君にとっては目覚めてから今まで、俺の妻じゃなかった時間など存在しないだろう!? 往生際が悪いぞ!」

「ひゃあああおやめくださいお許しください!! うわあん、オズヴァルトさまが私を再起不能にしようとなさいます……!!」

石橋でわあわあ叫ぶふたりのことを、通行人たちが不思議そうに見ている。恐らく彼らの誰ひとりとして、ここにいるのが英雄魔術師と悪虐聖女のふたり組だとは思い至らないだろう。

「違うのです！　私は本当に本当に、オズヴァルトさまのことが好きなので……うう」

「…………」

べそべそと嘆きながら両手で顔を覆ったシャーロットのことを、オズヴァルトがじっと見下ろしている。

「オズヴァルトさまと夫婦という事実を呑み込もうとすると、どうしてもその塊が大きすぎるのです……うっう、ぐす……」

「……少し前は君だって、俺の妻であることを嬉しそうにしていただろう」

（あの頃は！　オズヴァルトさまが私のことを憎んでいらっしゃったので、夫婦を名乗っても現実感がなく……!!）

そのことを口には出さなかった。何しろやさしいオズヴァルトは、シャーロットに冷たい態度を取っていたことに罪悪感をいだいている。

シャーロット自身はまったく気にしていないのに、『俺は君のことを憎んでいる』と言い放ったことについて、何度も謝罪を告げられたのだ。

だからそのときのことを蒸し返さないよう、シャーロットはもごもごと口をつぐんだ。

（あのときと今とでは、『妻』を自称する重みがまったく違います！　だって、この頃のオズヴァルトさまは……）

指の隙間を広げ、ちらりと愛しい人を見遣《みや》る。

すると目の前のオズヴァルトは、拗《す》ねたような顔をしてこう言った。

「……夫婦としての祝福を授かる日を、少なくとも俺は待ち侘《わ》びていたが？」

「う……っ」

心臓に言葉が突き刺さり、シャーロットは思わず左胸を押さえた。

「あ、あれ……？　どうしてでしょう、目の前が真っ暗に……？　そして私の上に広がる夜空には、お会いしてから今日までのオズヴァルトさまのお姿がたくさん……あそこに1オズヴァルトさま、2オズヴァルトさま、3オズヴァルトさま……」

「シャーロット？　……おいシャーロット、しっかりしろ呼吸を止めるな!!　それから人を、よく分からないものを数える単位にするな!!」

街の門すら潜《くぐ》っていないのに、ふたりはすでに満身創痍《まんしんそうい》なのだった。


「……もうすぐあなたにお会い出来るのですね。聖女シャーロット」

静かに本を閉じながら、美しい青年が呟《つぶや》いた。

彼の嵌《は》めている黒い手袋には、見事な金色の刺繍が施されている。

青年がゆっくりと手袋を外せば、筋が浮いて少々無骨な印象を受ける、そんな大きな手が露《あら》わになった。

「早く迎えに行きたいものです。あなたの手を取って、お連れして……」

彼はそう微笑《ほほえ》んだあと、窓の外に視線を向けて目を眇めた。

「……うん。こんなものかな」

青年が赤い髪をくしゃりと掻《か》き上げると、二重《ふたえ》の幅が深く彫り込まれた目元が露わになる。長い睫毛に縁取られたその瞳は、深い青色だ。

「『彼女が汚れてしまう前に、俺のものにしてしまわなくては……』」

彼はカーテンをゆっくりと引き、その室内を薄闇に閉ざしたのだった。


大神殿と呼ばれる建物は、この国においても特別な場所なのだそうだ。王都にある神殿より古い歴史を持ち、権威ある聖職者たちの多くがこの大神殿に仕えているという。

王族が婚儀を執り行うにあたっても、敢《あ》えて王都ではなくこちらの大神殿を選ぶことも多いらしい。

そんな大神殿は街の中央に据えられていて、長い石階段を登った先に聳《そび》え立っていた。

（ふわああ……！）

階段の途中で見上げる大神殿の様子に、シャーロットは密かに目を輝かせる。

記憶を失う前には立ち入ったことがあるのかもしれないが、いまのシャーロットにとっては初めて目にする、実に荘厳で美しい建物だった。

彫刻を重ねたような石造りの神殿は、堅牢《けんろう》な外壁に繊細な彫刻を施して彩られ、強い存在感を放っていた。神殿というよりも城のような巨大さと外観で、尖《とが》った屋根が空高くを示している。

時計塔がちょうど昼の三時を示すと、辺りには神聖な鐘の音が響いた。その透き通った音色が、『石で造られた芸術』とも呼べそうな大神殿の隅々まで、染み込んでゆくかのようだ。

(これが大神殿……!! 入り口の扉が大きくて、なんて重厚なのでしょうか。あの向こうにはどんな光景が広がっているのか、そしてそこに立たれるオズヴァルトさまのお姿を思うとわくわくが止まりませんね!)

「……なんとなく分かるぞ。大神殿を見て目を輝かせているように見えるが、まったく別のことを考えているだろう……」

シャーロットをエスコートするオズヴァルトが、隣で手を引いてくれながらぼそりと言った。シャーロットは声に出さない代わりに、ふんふんと息も荒く無言で主張する。

(オズヴァルトさま!! あとで是非とも大神殿の前でおひとりで立ってみてくださいね、私はその光景を目に焼き付けて一生の宝物に……っ)

「…………」

そんなシャーロットの傍《かたわ》らで、オズヴァルトがちらりと視線を向けた先があった。シャーロットはすぐに背筋を正し、すっと澄ました態度を取る。

(……怖がらせてしまって申し訳ありません。すれ違いのお方……)

石段の隅に避《よ》けて跪いたのは、巡礼者の男性だった。

（オズヴァルトさまが祝福の申し入れをしたときに、大神殿側から返答があったのですよね。『当日は聖女シャーロットの訪問があることを巡礼者に周知する』と）

巡礼者が怯《おび》えているのは、間違いなく『悪虐聖女』シャーロットに対してだ。

金色の髪に水色の瞳、そして今日この日に大神殿を訪れるという条件が当て嵌まり、正体が見抜かれてしまったのだろう。

そして他の巡礼者の姿が見えないのは、シャーロットを避けてのことに違いなかった。

『聖女シャーロットは残虐で傲慢。あれこそが稀代《きだい》の悪女である』

人々がシャーロットに抱いている印象は、もちろんずっと変わっていない。

記憶を失ったシャーロットが真実を知っても、オズヴァルトからの誤解が解けても、それを世間に明かす訳にはいかないからだ。

（以前の私が悪女を貫いたのは、力の使い所を考えるよう仰《おっしゃ》った国王陛下のご命令の影響もあってのこと。今更『本当は違います』と弁解することは、国王陛下への反逆！）

だからこそいまのシャーロットに記憶が無いことも、本当の性格がこの様態であることも、合わせて極秘にしなくてはならない。

（戦争に勝つために必要な残虐性を、王室ではなく他の存在に背負わせる。そういった作戦も、きっと政治のひとつですものね）

そしてシャーロットは、その役目を自分が負うことに異論がある訳ではない。

オズヴァルトが分かってくれているのなら、他の誰にどう思われても我慢できるのだ。悲しくたって、反逆者としてオズヴァルトに迷惑を掛けるよりはずっと良い。

しかし、オズヴァルトはそうではないようだった。

「……あと少しだけ、待っていてくれ」

「オズヴァルトさま？」

巡礼者の横を通り過ぎたあと、オズヴァルトが小さな声で言う。

「この祝福を終えて、君が俺の妻であるという立場を更に強固なものにさえ出来ればいい。……そうすれば君への『誤解』を解くために、俺も選べる手段が増える」

「お、オズヴァルトさま！　どうかくれぐれもご無理はなさらず……!!」

彼にはただでさえシャーロットのために、王位継承権を主張させる羽目にもなっているのだ。

オズヴァルトは国王の実子でありながら、決して王になることを望んでいない。

それなのに、他の王位継承権所有者からシャーロットを守る手段として、彼の父に宣言してくれた。

「この大神殿を出る頃には、君は魔法誓約上においても『俺の花嫁』となる」

「ひっ、花、嫁……っ」

「他国で生まれていながら、この国に差し出された存在が君だ。しかしこうすれば不安定で危うい身の上に、『シャーロット・リア・ラングハイム公爵夫人』という立場を与えてやれる。この国でしか通用しない書類上の婚姻だけではなく、世界のどの国でも認められる婚姻によってな」

「はひいいっ、ふ、夫人!?」

「『王位継承権を有する者の妻』だということを、国中に喧伝《けんでん》しても構わない。そうした肩書きを積み重ねた上で俺が守り抜けば、いずれ本当の君を世間に見せたところで、国王陛下とておいそれと君に危害を……シャーロット」

「ひわわわわわわ…………妻ァ…………!!」

小刻みに震えるシャーロットの様子を見て、オズヴァルトが怪訝《けげん》そうに顔を顰めた。

「…………君、俺の話がまったく耳に入っていないな？」

「入ってます聞こえてます分かってます!! 花嫁と夫人と妻がどうかなさいましたか!?」

「分かった、一旦落ち着こう。すべては祝福を済ませた後だ」

深呼吸を繰り返すシャーロットのために、オズヴァルトが足を止めてくれる。

石階段を登り切った先にあるのは、複数ある大神殿の入り口のひとつ、『婚礼の大門』だ。

(婚姻のための祝福を受けるふたりだけが、通れる門)

そのことを思うと、心臓がばくばくと緊張に跳ねる。

「ほ、本当に良いのでしょうか。私がオズヴァルトさまと、婚姻の誓約をするだなんて……」

「……今更、何を言っている」

オズヴァルトの声が少しだけ低くなったことに、このときのシャーロットは気が付けなかった。オズヴァルトは溜め息をつくと、シャーロットよりも先に一歩を踏み出す。

「君が俺の妻であることに、誰にも文句を言わせるつもりはない」

「……っ」

シャーロットの手を取った彼は、門の前でこちらを振り返った。目を細め、やさしく告げるのだ。

「来い。シャーロット」

「は、はい……！」

耳が熱くなりながら、震える足でオズヴァルトと共に歩く。

（オズヴァルトさまの、花嫁に……）

そうして門をくぐろうとした、その瞬間だった。


「――――ひきゃんっ!!」

「シャーロット!?」

凄《すさ》まじい光が迸《ほとばし》り、シャーロットの手に痺れが走る。子犬のような悲鳴を上げたシャーロットを、オズヴァルトが抱き止めて庇《かば》ってくれた。

「大丈夫か!?　怪我《けが》は!!」

「あ、ありません！　ちょっと痺れて弾《はじ》かれただけ、ですが……」

外側に押し戻されたシャーロットは、引き返してくれたオズヴァルトと共に門を見上げる。

「私の存在が、拒まれた……？」

門の前に張り巡らされた光は、侵入者を拒む結界だ。

何重にも浮かび上がる魔法陣には、こんな言葉を意味する魔術の構築式が綴《つづ》られている。

『拒絶』

『排除』

『遮断』

「……こ、これは……」

オズヴァルトに体を支えられながら、シャーロットは痺れた手をぎゅっと握り込んだ。

(仮にも聖女が、大神殿の結界に弾かれるなんて。……なんというか、非常に外聞が悪くてまずいのでは……?)

オズヴァルトに迷惑を掛けるかもしれないと思うと、さーっと血の気が引いていくのを感じる。巡礼者がほとんど居ないのが幸いだが、神殿の司教たちには察知されてしまうだろう。

案の定、髭《ひげ》を生やした老齢の男性が、血相を変えて駆け付けてくる。

「ラングハイム閣下！」

「……司教殿」

オズヴァルトの名字を呼んだ司教は、何処《どこ》か気まずそうな顔で目配せをした。

「その、閣下にお話ししたいことが。奥方さまには少々外でお待ちいただき、閣下のお耳にだけ入れたく存じます」

「それは承服しかねる。妻の同席を――」

「お、オズヴァルトさま」

シャーロットは司教に背を向け、他の人には聞こえない小声でオズヴァルトに告げる。

「どうぞ、司教さまとのお話に行ってきて下さい。私、お外でちゃんと待て《ステイ》をしていますので……」

「…………」

悪女の振る舞いをしなくてはならないのに、あからさまにしょぼしょぼと項垂《うなだ》れてしまう。

司教の前でも演技を出来そうにないシャーロットは、そのこともあってオズヴァルトを促した。

「……すぐに戻る」

(ううっ、心配そうにして下さっているオズヴァルトさま……！　普段ならこのお顔だけで元気になれるところなのですが、さすがに今は……!!)

シャーロットは頑張ってにこっと微笑む。

オズヴァルトは息を吐き、シャーロットの胸元に揺れる守護石の首飾りに触れた。

「この石を、誰からもよく見えるようにして待っているように」

「は、はい！」

「良い子だ」

オズヴァルトはぽんっとシャーロットの頭を撫でると、司教の方に向かって歩き出す。

「手短に願います。妻をあまり待たせたくないもので」

「では、恐れ入りますがこちらへ」

シャーロットのくぐれない門が閉ざされ、オズヴァルトの声が聞こえなくなる。

これも普段であれば、門に張り付いて極限まで音の収集を試みるのだが、いまのシャーロットには難しかった。

(ひ、ひとまず人目に触れない場所で、どなたにもご迷惑をお掛けしないように……)

よろよろと石の階段を降り、なるべく目立たない隅の方に向かう。そして柱と壁の隙間に収まったシャーロットは、水を切らした茸《きのこ》のように萎《しお》れ始めた。


(婚姻の祝福を受けるための門に、拒まれました……!!)


あの門を通過出来ないということは、婚姻の祝福を受けられないということだ。その理由にも解決方法にも、まったく思い当たることがない。

(オズヴァルトさまが、楽しみにしているとあんなに仰って下さったのに)

しょんぼりと身を丸め、べそべそと自分の不甲斐《ふがい》なさを嘆く。

(私が門を通れなかった所為《せい》で、オズヴァルトさまのお気持ちを踏み躙《にじ》ってしまったのでは？　オズヴァルトさまが様々なお考えから、私を守るためにと動いて下さったのに。オズヴァルトさまが嬉しそうでいらしたのに、オズヴァルトさまがせっかく、オズヴァルトさまが……)

頭の中にたくさんのオズヴァルトが浮かんできて、シャーロットは嘆くのをぴたりとやめた。

「…………」

顔を上げ、ぐすっと鼻を鳴らしつつ頭を振る。

（……いえ！　考え方を間違ってはいけません、冷静にならなくては！　私がこのように自分を責めることを、オズヴァルトさまが良しとされるはずは無いのですから……）

シャーロットが門に拒まれたことではなく、シャーロットが悲しんでいる事実の方を嫌ってくれる。

シャーロットの大好きなオズヴァルトは、そういう人だ。

「……私の精神力が、足りなかったのかもしれませんね」

シャーロットは自分に言い聞かせ、そうに違いないと胸を張った。

「いまの未熟な私がオズヴァルトさまの妻として扱われては、あらゆることに耐えられず気絶してしまいます！　門はそれを見抜いたのでしょう、そうに違いありませ――」

「失礼。レディ」

「！」

不意に後ろから声を掛けられ、反射的に振り返る。

そこに立っていたのは、見知らぬ赤髪の青年だった。

その赤い髪は、オズヴァルトの黒髪と比べると少し癖がある。

オズヴァルトも夜会などのときに整髪剤を使い、普段と違う雰囲気の髪型に固めていることがあるが、その青年も毛先が跳ね過ぎないようにしているようだ。

身長はオズヴァルトよりほんの少し低いだけで、この青年も長身なのは変わらない。年齢も恐らくはオズヴァルトに近いだろう。

青年が身を包んでいる軍服は、オズヴァルトの瞳と同じ赤色である。それから見事な金の刺繍が施された、黒い手袋も嵌めていた。

（あちらの黒い手袋。きっとオズヴァルトさまにも、とってもお似合いになるでしょうね……）

頭の中のオズヴァルトに手袋を嵌めてもらうと、想像でありながらも惚《ほ》れ惚《ぼ》れする。

けれどもシャーロットは、オズヴァルトの何も着けていない手も大好きだ。

たとえばオズヴァルトの服装を自由に選べる権利を得た暁には、手袋を着用してもらうかどうかだけで一晩悩んでしまうだろう。

そんなことを考えていると、青年が少し寂しそうに笑う。

「……あなたは、遥《はる》か遠くの景色を眺めるかのような美しいまなざしで、俺のことをご覧になるのですね」

（は……っ！　ついつい目の前の男性を通して、オズヴァルトさまのことばかり考えていました！）

だが、そのことはどうやら気付かれていない。

シャーロットにとって、すべての基準がオズヴァルトだ。目の前にどんな美しい男性が現れても、思考では常にオズヴァルトのことを考えてしまう。

悪女のふりをしながら、シャーロットは澄ました顔で尋ねた。

「……私に何か、ご用かしら？」

自制したシャーロットが見上げた先には、深い青色の双眸があった。

青年は、他の女性たちが見れば一目で恋に落ちそうなほどの美しい笑みを、シャーロットへと向けるのだ。

「どうかそのように、あなたらしくない振る舞いをなさらないで下さい。シャーロット」

（……え？）

♥ ♥ ♥

「司教殿。──シャーロットは何故、あの門の結界に弾かれたのですか？」

案内された一室で、オズヴァルトは司教に率直な問いを向けた。司教はあからさまな愛想笑いを浮かべ、話の矛先を逸《そ》らそうとする。

「ラングハイム閣下。せっかく遠いところからお越し下さったのです、いまお茶などのご用意をいたしますゆえ……」

「結構。この後に妻と街を回り、店などに立ち寄るつもりでおりますので」

普段ならもう少し丁重に社交辞令を重ねるところだが、いまのオズヴァルトにそのつもりはない。

先ほどのシャーロットの顔を思い出して、苦々しい心境になる。

（あれは無理をして笑っていた。……そもそもが大神殿などに、彼女を近付けたくなかったものを）

幼いシャーロットは、王都にある神殿の中で育てられ、厳しい教育を受けてきたのである。

ほとんど奴隷のような扱いを受けていたと知ったときは、憤《いきどお》りで頭の奥が煮えるような思いがした。

誰も助けることがなかった理由のひとつは、シャーロットはこの国の人間ではなく、他国から奴隷として差し出された存在だったからだ。

十四年前、苛烈な領土争いをした敵国が、これ以上の侵略をさせないための交換条件にと『聖女』シャーロットを使った。

オズヴァルトの父王はそれに応じ、絶大な力を持ったシャーロットを、この国のために利用し始めたのである。

そのための教育機関だったのが、王都にある神殿だ。

(本来なら婚姻の祝福は、王都の神殿でも授かれる。なおかついまのシャーロットに記憶は無く、子供の頃の経験は魔法映像で見ただけだと笑う。……それでもあいつを虐《しいた》げてきた場所に連れて行きたくはないと、この街の大神殿を選んだ訳だが……)

内心の不機嫌をどうにか押し殺し、オズヴァルトは息を吐いた。

「司教殿。私は一刻も早く、妻の元へと戻りたく考えております」

「し、しかしラングハイム閣下。閣下がこの大神殿にお越し下さったのは初めてのことでございます。ご高名な魔術騎士団長さまのお話を、是非ともお聞きしたく……」

「生憎《あいにく》ですが、休暇中ですので」

オズヴァルトとシャーロットの婚姻について、良く思わない人間が圧倒的多数だ。

王室によって築かれたシャーロットの悪名や、オズヴァルトと良家の令嬢を結ばせようとした政治的派閥の謀略、その他の様々な思惑が存在する。

オズヴァルトがシャーロットとの結婚を宣言して以来、この手の妨害を受けることは度々あった。

シャーロットに勘付かれる前に、それらは全て潰しているつもりだ。しかしシャーロットはああ見えて聡《さと》く、察して傷付いている可能性も高い。

（提案に従ってシャーロットを外に置いてきたのも、司教の態度で落ち込ませる可能性があったからだ。そうでなければシャーロットに関する問題で、彼女を抜きにして話す必要も無かった）

考えるほどに苛立《いらだ》ちが増すが、言葉にはせず視線にだけ込めて司教を睨《にら》む。すると司教は観念したように、ようやく本題を切り出した。

「……あの門の結界に弾かれる要因は、いくつか存在します。端的に申し上げると、奥方さまには資格がございません」

「どういう意味か、はっきりとご説明いただきたい。我々の結婚は国王陛下より認めていただいており、書類上の婚姻は既に締結されている」

「か、神からの祝福を賜るための資格は、国の法律上の決まりとは違いますゆえ……一般的に考えられるひとつめとしては、年齢が十六歳に達していないことです」

オズヴァルトはそれについて思考を巡らせる。シャーロットの現在の年齢は、十八歳で間違いないはずだ。

（国王陛下のことだ。いずれシャーロットを結婚させて、政治的利用をする方法を視野に入れておられたのは確実……正しい年齢を確認し、証拠を提出させている。そして幼年期の一年の差は大きい中、

二歳以上も上に誤魔化《ごまか》すことは難しいだろう）

オズヴァルトが続きを促すと、司教は咳払《せきばら》いをした。

「それから、大きな問題に繋《つな》がる事例としては……」

「事例としては？」

「その。なんと申しますか」

先ほど以上に口籠った司教に、オズヴァルトは眉根を寄せる。

「――その人物が既に、他の人間と婚姻を結んでいるケースです」

「…………は？」

♥ ♥ 💔

大神殿の外で、見知らぬ赤髪の男性に微笑まれたシャーロットは、内心で俄《にわ》かに緊張していた。

「俺があなたにこうしてお会いするのは二年ぶりですね。シャーロット」

（このお方……）

彼の微笑みはとても柔和で、好青年そのものだ。

表情や口ぶりの全てから、シャーロットのことを恐れていないことが伝わってくる。

（きっと私のお知り合いです、記憶を失う前の！　そういったお相手に会ってしまうのは仕方ないとしても、問題は）

「あなたはきっとこれまでに多くの悲しみを抱きながら、それでも『悪虐聖女』として振る舞って来たのでしょう？　さぞかし大変な苦労があったでしょうに、強いお方だ」

（このお方、私のことをやけにご存知でいらっしゃるような……）

無表情を貫きつつ戸惑うシャーロットを見て、男性は寂しそうに微笑んで肩を竦《すく》める。

「やはり、記憶が無いのですね」

（……！）

「二年前、久し振りにあなたにお会いしたときに、俺にだけ打ち明けて下さった通りだ。あなたは恐れていた通りに記憶を失う事態へと陥った、そうなのでしょう？」

「……あなたは」

男性は自身の胸に手を当てると、紳士的な一礼をして言った。

「俺の名はクライド。あなたもどうぞ以前のように、クライドと」

そう名乗った彼は、少し垂れ目がちの双眸を幸福そうに細める。

「……なにせ、俺はあなたの『夫』なのですから」

（え……）

その瞬間に目を見開いて、大声を出さずに済んだのが奇跡のようだ。

（お、おおおお、夫――――――っ!?）

こうしてシャーロットの前には、最初のオズヴァルトに続いて人生で二度目の、『記憶にない見知らぬ夫』が現れたのである。

二章　旦那さまが、またもや出現です！（ただし、まったく記憶にないのですが⁉）

見知らぬ男性が接触してきたと思ったら、自分の夫を名乗っている。

人生で一度あるか無いかの出来事が発生し、それも今回が二度目とあって、シャーロットは心の中で絶叫していた。

（ななな、なっ……一体どういうことなのでしょう⁉）

自分の太ももをぎゅうっと抓《つね》り、その痛みでなんとか『悪虐聖女』の冷たそうな表情を保つ。記憶を失う前のシャーロットにも、こうした工夫で悪女のふりを乗り切ったことがあったのだろうか。

（本当にこの方が夫だとしたら、私が門に弾《はじ》かれたのはその所為《せい》では……⁉　ですが、記憶がないので正解が分かりません‼　こちらから尋ねようにも、私の記憶がないことを肯定してしまって良いものかも悩ましく……！）

クライドと名乗ったその男は、シャーロットが内心で混乱していることを見抜いているだろうか。

彼は視線を下げ、シャーロットの首元で揺れる守護石の首飾りを忌々《いまいま》しそうに確認した。

「……オズヴァルト・ラルフ・ラングハイムからの、贈り物ですか」

（‼）

不意にオズヴァルトの名を耳にして、思わず目を輝かせそうになった。それも必死に我慢しつつ、涼しい顔で答える。

「だとしたら、何かしら？」

シャーロットの瞳と同じ色をした守護石の首飾りは、オズヴァルトが『迷子札』と称して贈ってくれたものだ。

国宝級とも呼べる、強力な守護の力を持つ石である。オズヴァルトいわく、『着けているだけで他の男への牽制《けんせい》になる』らしい。

牽制という言葉選びの意図はよく分からなかったが、このクライドという男性も気に留めたようだ。

「こんなものをあなたに着けさせて。……まるで、あなたが自分のものだと声高に主張しているかのようですね」

（ふぐうっ、私が『オズヴァルトさまのもの』……!?）

的確な一撃を喰《く》らった心境で、思わず口元を押さえそうになる。だが、ダメージを負ってばかりもいられない。

（しっかりしなくては！　この方は先ほど、記憶を失う前の私が『この方にだけ打ち明けた』と仰《おっしゃ》っていました。そして、『あなたは恐れていた通りに記憶を失う事態へと陥った』とも！）

その言葉が真実だとすれば、彼は記憶を失う前のシャーロットが、秘密や計画を共有するような存在だったのだ。

（私の夫を名乗るお方。もう少しお話を聞く必要があるのは、間違いないのですが……！）

そのとき、石の階段を登った先にある門が開かれる音がした。

（オズヴァルトさま！）

まだほんの少し開いた程度だが、オズヴァルトが戻《もど》ってきてくれたのは間違いない。

反射的に嬉《うれ》しくなるシャーロットとは反対に、クライドは紳士的な笑みを崩して門を睨《にら》む。

「……ここでお話する時間は無さそうですね。本当ならすぐにでも、俺の元へと連れ戻したいところですが……」

（連れて行かれてしまうのは困ります、オズヴァルトさまにご迷惑が……！）

静かにクライドを見遣《みや》ったシャーロットを見て、彼は再び寂しそうな微笑《ほほえ》みを作った。

「……お立場は承知しております、シャーロット。あなたはあのオズヴァルトなる男に神力を封じられ、従わされている状況」

クライドはシャーロットの前に跪《ひざまず》くと、シャーロットの手の中にカードのようなものを握らせる。

「どうか俺に会ったことは内密に……誰にも見られない場所で、あなたおひとりでこの手紙を読んで下さい。後ほど秘密裏に落ち合いましょう」

（お、お待ちくださいと言ってしまいたい!!　ですがこのお方、悪虐聖女の演技をやめて良いお相手かどうかはまだ判断が出来ません!!）

「俺はオズヴァルトの元から必ずや、あなたをお救い致します」

（……あ）

クライドは立ち上がり、胸に片手を当てて静かに微笑んだ。

「またお会いするのが楽しみです。愛《いと》しい花嫁」

（……やっぱり、とってもさびしそうに笑うお人……）

シャーロットがそんな印象を抱《いだ》いた瞬間、クライドは転移魔法で姿を消す。

それと同時に開いた門から、大好きなオズヴァルトが現れた。

「――シャーロット」

「オズヴァルトさま……！」

オズヴァルトひとりの姿しか無かったため、シャーロットは全力で彼の元へと駆ける。

「オズヴァルトさまああああああ!!　おかえりなさいませオズヴァルトさま、私良い子に待っていました、お戻りをお待ちしていましたオズヴァルトさま!!」

「っ、分かった！　分かったから階段は慎重に上がってこい！　門に弾かれたときは落ち込んでいたはずなのに、この短時間で何故それほど元気になっているんだ……？」

「オズヴァルトさまのお顔を見たら元気になりました！　オズヴァルトさま、あの……」

「ところで」

オズヴァルトの手が伸びて、シャーロットの首飾りの鎖に触れる。

「先ほどまで、ここで誰かと話していたか？」

「…………」

夫を名乗る男性クライドは、シャーロットに向けて『秘密裏に』と口にした。

『どうか私に会ったことは内密に……誰にも見られない場所で、あなたおひとりでこの手紙を読んで下さい』

渡されたのは、シャーロットの手に握り込んで隠せそうなほど小さな封筒だ。オズヴァルトとは違う、彼よりも甘い香水の香りがしている。

(記憶を失う前の私は、あのクライドさまというお方と秘密を共有している可能性があります。そうだとすれば、あのお方からは絶対に情報収集しなければ。その場合オズヴァルトさまにご心配をお掛けしないように、オズヴァルトさまには内緒でお会いするべきで……)

それを理解するシャーロットは、そっとオズヴァルトのことを見上げた。

「……オズヴァルトさま」

その上で、きりっと気合を入れながら全力の説明をする。

「――――申し上げます、先ほど知らない男の人にお会いしました!! お名前はクライドさま、オズヴァルトさまと違う赤髪でオズヴァルトさまより癖毛でオズヴァルトさまと身長は同じくらいです!! 私のことを恐れないどころか私の夫を名乗っていらして、オズヴァルトさまの目の届かないところで密会の要求を!! このお手紙はひとりでこっそり読むようにとの仰せだったもので、恐らく日時と場所が指定されているはずです!!」

「………………」

すちゃっ!! と勢いよく差し出したのは、先ほど渡されたその手紙だ。

オズヴァルトは呆気《あっけ》に取られた様子のあと、念のためにといった雰囲気で尋ねてくる。

「……君。そのクライドとやらに、俺への口止めはされなかったのか?」

「されました！　けれども一方的な約束よりも、オズヴァルトさまの方が大切ですので！」

「…………」

シャーロットが迷わずに言い切ると、オズヴァルトは俯《うつむ》いてふっと笑う。

「……そうか」

（オズヴァルトさまの、ほっとしたようなお顔が〜〜〜……っ!!）

こうして左胸がきゅんきゅんと締め付けられるのを感じつつ、オズヴァルトとの十三分ぶりの再会を喜ぶのだった。


開け放たれた窓からは、穏やかな春の風が吹き込んでいる。

透き通ったレースのカーテンが揺れるのは、大神殿のすぐ傍《そば》に建てられた宿の一室だ。

ここは巡礼を行う王侯貴族に向けて作られており、各階に一部屋だけの仕様である。十階建ての塔仕立てで、最上階のここからは聖都の景色が一望できた。

「では、改めて状況を整理するぞ」

長椅子に腰を下ろしたオズヴァルトが、肘《ひじ》掛《か》けに頬杖《ほおづえ》をつきながら息を吐く。

大神殿に赴くための正装から上着を脱ぎ、シャツ姿で袖を捲《まく》っているオズヴァルトは、脚を組んで難しい顔をしていた。

「クライドという男は、以前の君となんらかの事実を共有していた人物のようだ。それも、記憶喪失についての」

「……」

「これまでの推測では、『以前の君が記憶を失ったのは、君自身が意図したものである』という予想だった。君が陛下から受けた契約魔術を回避するための、逃げ道としてな」

そんな風に考えたのは、『悪虐聖女シャーロット』には、命に関わる契約魔術が施されていたからである。

この国の王族から下された命令には、絶対に逆らえないという魔法だ。

以前のシャーロットはその契約に縛られた結果、戦場で残酷な振る舞いを強制されていた。

けれども記憶を失った今のシャーロットに、その契約魔術は通用していない。

王族の命令に背《そむ》いても、落命を伴う苦痛に脅《おびや》かされることはなかったのだ。シャーロットたちはその理由にこそ、記憶喪失が作用しているのではないかと想定していた。

以前のシャーロットがそのような手段を取ったのは、オズヴァルトへの秘めた恋心があったからだ。

王命による結婚に、オズヴァルトを巻き込みたくない。かといって契約魔術が施されている以上、その命令に背いて逃げ出すことも出来ない。

だからこそシャーロットはそれを打破するため、オズヴァルトとの婚姻で王家からの監視が緩んだ機を利用し、自分自身の記憶を封じたのではないだろうか。

その上で、記憶を取り戻した自分にはオズヴァルトのことを敵だと思わせて、オズヴァルトの元から逃げ出すように仕向けた。

シャーロットがオズヴァルトに強いときめきを抱く度、日記帳に残していた魔術を発動させること
によって、偽りの映像を見せたのだ。

そうすることが、幼い頃から密《ひそ》かに恋い慕っていたオズヴァルトに迷惑を掛けない、唯一の方法だ
と考えて。

「君の推測に、俺が異論を唱えるつもりはなかった。だが、そのクライドという男の言い分を考慮す
るのであれば」

「…………」

「『あなたは恐れていた通りに記憶を失う事態へと陥った』という言葉。……それが事実だとすると、
君の記憶喪失は『君』が意図して招いたものではないということだ」

「………………」

そこまで話し終えたオズヴァルトは、隣に座るシャーロットを見て怪訝《けげん》そうに眉根を寄せる。

「シャーロット？」

「――――……」

「おい。どうした、先ほどから黙り込んで。まさかとは思うが、やはり門に弾かれたときの異変が何
か……」

「お…………っ」

ずっと堪《こら》えていたシャーロットは、抑えきれなかった思いを溢《あふ》れさせながら自身を抱き締めた。

「――――オズヴァルトさまのっ、気怠げ上着脱ぎシャツ腕捲り脚組み姿……っ!!」

「……ケダルゲウワギヌギ・シャツウデマクリ・アシクミスガタ……？」

まったく理解出来なかったらしきオズヴァルトが、呪文を真似るように繰り返す。けれどもシャーロットはそれどころではなく、目の前の大変な存在に打ち震えた。

「いけません駄目です反則です……!! 普段きっちりしていらっしゃるオズヴァルトさまが、こうしてお見せ下さる寛《くつろ》ぎのご様子!! ただラフな格好をなさっているのとはまた違う、正装を着崩したときだけに醸し出されるこのアンニュイさ!!」

「シャーロット」

「この高級感溢れるお部屋の中で、何よりもオズヴァルトさまが輝いていています!! あなたこそ聖都においても最も神聖なる存在、やはり愛しのオズヴァ……っ」

「俺も愛している。だからまず話を進めさせてくれ」

「ふぁ」

愛している。

さりげない発言にこちんと固まったシャーロットに対し、オズヴァルトはしれっとした様子で推論を続けた。

「記憶喪失が君の意図したものでないとすると、何か他に重大な事情があったということになる」

「……愛……オズヴァルトさまが、あああ、愛……」

「そして、君の夫を自称する不届きな男だが」

ぐるんぐるんと視界が回る中でも、オズヴァルトの望む通りに話を進めたい気持ちはある。

「じ……」

シャーロットは錆《さ》びた蝶番《ちょうつがい》のように、ぎぎぎとぎこちない動きで口を開いた。

「自称かどうかは、はっきり断言出来ないのが、問題ですよね……？」

「……」

一度『愛している』についてはは考えないことにして、シャーロットは必死に冷静な思考を取り戻そうと努力した。

「何しろ私には、数か月前よりも古い記憶がありません……。先ほどオズヴァルトさまが教えてくださった、婚礼の大門に拒絶される要因のこともありますし」

すでに他の誰かと婚姻を結び、神の祝福を授かっている場合は、他の人間と結婚することは出来ない。

(もしも私が本当に、クライドさまというお方と結婚している場合)

シャーロットはおずおずと、上目遣いにオズヴァルトを窺《うかが》った。

(オズヴァルトさまとの結婚は、一体どうなってしまうのでしょう……)

「……」

オズヴァルトはシャーロットの悲しそうな顔を見て、溜《た》め息をつく。

「なんにせよ、真実を確かめる必要があるな」

「……」

シャーロットは、部屋の隅に置いてある旅行鞄《かばん》をちらりと見遣る。ペパーミント色の大きな革鞄には、一冊の日記帳を忍ばせていた。

（記憶を失う前の私が、いまの私に残した日記帳。私がオズヴァルトさまにときめく度に、偽物の過去の映像を見せて、私の記憶を誘導するはずのものとはいえ……）

もしかしたらあの日記帳の続きには、あのクライドという男性も登場するのだろうか。可能性は高い気がするものの、シャーロットは項垂《うなだ》れる。

「こんなに日々オズヴァルトさまにどきどきしているのに、日記帳はまったく次のページが開かなくなってしまいました。何かのヒントに使える気がしたのですが」

「恐らくはページを捲《めく》れるようになる条件が、ページごとに違っているんだろう」

「確かに。記憶があろうと無かろうと、私がオズヴァルトさまへのどきどきを我慢できるはずがありませんものね！　以前の私もそれは分かっていたはずですから、厳重に条件を変えるのは当然です」

シャーロットが確信を抱いてそう言えば、オズヴァルトは少々気恥ずかしそうに咳払《せきばら》いをした。

「こほん。そんな訳だ、日記帳から情報を得るのは一旦諦めよう」

「でしたら、あのクライドさまと仰る殿方はいかがでしょうか？　渡されたお手紙には、待ち合わせの場所と時間が書いてあります。明日の十三時、私ひとりで聖都の噴水にて、と」

「得体の知れない人間に接触して、危険に近付く必要は無い。俺や君自身よりも君の過去に詳しい人間は、他にもちゃんと存在しているからな」

そんな人物たちについては、シャーロットにも心当たりがある。恐らくは複数いる候補の中で、オズヴァルトが最も接触しやすい相手を指すのだろう。

「夕食の前に一度王都まで転移して、あのお方に会う算段をつけよう。イグナーツに依頼すれば、あいつがなんとか調整するはずだ」

「イグナーツさま！」

騎士団で諜報《ちょうほう》に近い活動もしている男性イグナーツは、オズヴァルトにとっての友人だ。イグナーツいわく悪友で、オズヴァルトはその言い方を嫌そうにしている。

けれども本当に仲が良いふたりであることは、シャーロットから見ていてもよく分かった。

（イグナーツさまはとっても良いお方です！　オズヴァルトさまも信頼して、普段通りの私で接しても良いと判断なさったくらいですし！）

数か月前、悪虐聖女ではないこのままのシャーロットの姿を見せたとき、イグナーツは最初こそ面食らっていた。

けれどもやがて楽しそうに笑い、『あなたがオズヴァルトと結婚して下さるなら安心だ。改めて、こいつをよろしくお願いします』と言ってくれたのである。

（ですが一方で、『あのお方』については……）

シャーロットの過去を聞きたい相手というのは、オズヴァルトがあまり積極的に関わるつもりがない人物であることを知っている。

シャーロットは項垂れつつ、改めてオズヴァルトに詫《わ》びた。

「ごめんなさいオズヴァルトさま。私が婚礼の大門に弾かれてしまった所為で、ご迷惑を」

「なぜ君が謝る？　それに、最終的にはどうとでもするさ」

「どうとでもとは？」

シャーロットが首を傾《かし》げると、オズヴァルトは当然のように口にする。


「神からの許しが無かろうと、君は俺の妻だ」


隣から伸ばされたオズヴァルトの手が、シャーロットの首飾りの鎖に触れた。

「――その事実をいかなる手段を使ってでも証明し、君を守り続けよう」

「…………」

オズヴァルトから贈られた守護石は、胸元できらきらと輝いている。オズヴァルトは、その守護石と同じ色をしたシャーロットの瞳を見据えた。

「緊急事態に備えて、封印している君の神力を解放しておきたいところだが」

「…………」

「それを国王陛下に知られる方が、厄介な事態になりそうだからな……」

そうしてオズヴァルトは爪の背で、シャーロットのくちびるをするりとなぞる。

神力の封印や解除を行うには、お互いの陣が刻まれた場所同士を触れ合わせる必要があった。オズヴァルトとシャーロットの封印の陣は、それぞれの舌に刻まれている。

「…………」

「シャーロット?」

シャーロットはすっと立ち上がると、自分たちが座っていたのとは違う長椅子に腰を下ろした。しずしずとルームシューズを脱いだあとは、ゆっくりと長椅子に横たわる。

「オズヴァルトさま……」

仰向けになって両手を組み、胸の上に置く。そうして目を瞑《つむ》り、うっすらと微笑みを浮かべてオズヴァルトにこう願った。

「……あなたにお会い出来て、幸せでした……。私の人生、もはや一片の悔いも無く……」

「いや待てしっかりしろ、夫を置いて永遠の眠りにつこうとするな!! 頼むからもう少し色々と悔いを残してくれ、生きろ《スタンド》!!」

そんなやりとりをしながらも、大忙しの一日が過ぎてゆくのだった。


ラングハイム夫婦が眠る宿の部屋で、鞄の中には一冊の日記帳が眠っていた。

幾重にも魔法が施されたその日記帳は、ほんのりと光を帯びている。けれどもそれはごく淡いもので、星の瞬《またた》きほどに儚《はかな》い光だ。

光はやがて、消えてしまった。

純然たる暗闇に浸された部屋には、いつまでも眠れない花嫁の、寝返りによる衣擦《きぬず》れの音が響くばかりである。


カーテンを閉め切ったその部屋で、クライド・サミュエル・アーヴァインは、自身の右手を握りながら小さく呟《つぶや》いた。

「……ふむ」

何度か開閉を繰り返し、違和感を確認する。クライドの手首には数時間ほど前から、他人の魔力がきつく纏《まと》わりついていたのだ。

その魔力がクライドを捕らえたのは、聖女シャーロットの元から転移する直前のことだった。

すでに魔法陣が作動し、クライドの体はその場から消える間際だったというのに、追跡魔術はクライドを的確に追い掛けてきたのである。

すぐさま結界で切断したものの、驚いたのが正直な感想だ。あれほどの精度と速さでクライドを捕捉し、追うための魔術を使える人間がいるとは、あまり想像していなかった。

（あれが、オズヴァルト・ラルフ・ラングハイムか）

クライドは目を眇《すが》めると、薄暗い部屋の壁に掛けられた鏡へと歩いてゆく。

その表面に映り込むのは、当然ながらクライドの姿だ。映り込んだ自分自身の瞳を見据え、口を開いた。

「これより、ご報告を開始いたします」

着込んでいた上着を脱ぎながら、淡々とした声で紡《つむ》いだ。

「聖女シャーロットとの接触は成功。オズヴァルトの姿はなく、予定通りの方法で接触できました」

そう話しながら手袋を脱ぎ、その手でシャツのボタンも外す。クライドは片手でぐっと襟元を緩めた。

「俺がシャーロットに惚《ほ》れ込んでいる『演技』は、問題なく進められているかと」

『…………』

鏡が水面のように揺らぎ、向こう側から声が聞こえてくる。

『聖女シャーロットを秘密裏に連れ出すことは、可能なのか』

「難しいでしょうね。俺が渡した手紙に、シャーロット以外の人間が触れたのを感知いたしました」

『……オズヴァルトか……』

オズヴァルトはクライドを捕らえるために、あの一瞬で追跡魔術を放った。あれが一流の魔術師であることは、クライドもすでに理解している。

「どうやらシャーロットは完全に、夫のオズヴァルトの影響下にある様子。とはいえ、この程度の行動は想定内ですが」

『引き剥《は》がせるか？』

「そうですね。俺の前では冷静な悪女として振る舞っていたものの、あれはシャーロットの演技でしょうから」

冷たい表情と声音の裏に、微細な反応が感じられた。多くの嘘《うそ》を見てきたクライドにとっては、あまりにも分かりやすい嘘の証左だ。

恐らくシャーロットの本質は、もっと鈍い女なのだろう。

「俺は引き続き、かつて聖女シャーロットと相思相愛でありながら、彼女が記憶を失ったことによって捨てられた哀れな男として接触いたしましょう」

『引き続き、報告を怠るな』

「もちろんですよ」

クライドは笑い、鏡のあちら側との通信を遮断した。離れた場所に声を届けるこの特別な魔術は、ほんの数分でもひどく疲れるのだ。

「……さて」

どさりと長椅子に腰を下ろし、脚を組む。やはりまだ違和感の残る手首を見下ろしつつ、次の方法を考えた。

「『……ようやくあなたにお会い出来ましたね、聖女シャーロット。早くあなたをお連れしたい……』」

クライドが小さく呟いたのは、シャーロットに妄信的な恋心を捧《ささ》げる男としての、偽りの台詞《せりふ》だ。

「『あなたが汚れてしまう前に、俺のものにしてしまわなくては……』」

クライドは前髪をくしゃりと掻《か》き上げると、くだらない言葉にうんざりしながら溜め息をついた。

「……やはり、演技の度合いはこんなものかな」

強すぎる感情を持ったふりは、他のすべてを覆い隠すのに役立つ。

他人からまともではない執着を向けられると、人間は正常な判断が出来なくなるのだ。

得体の知れない愛情への恐怖心に、あるいは強烈なまでに愛されることへの喜びに、思考力が奪われてしまうのだろう。

(シャーロット。悪虐聖女と呼ばれた女、か)

彼女ひとりを籠絡するのに、それほど時間を掛けるつもりはない。

(あの手紙を渡した最大の目的は、シャーロットの行動パターンを知るためのもの。採取した情報は有効活用し、次の接触に利用する)

クライドはゆっくりと目を閉じる。

(任務が成功しようと、失敗しようと、最終的にはどうでもいい。『彼女』が亡くなっている世界で、俺の生き死になど些細《ささい》なこと)

とある少女の姿を大切に想い出しながら、独白をこぼした。

「くだらない任務は終わらせて、さっさと国に帰りたいものだ」

（は……っ‼）

早朝、もそもそと寝返りを打ったシャーロットは、カーテンの隙間から差し込む光に目を見開いた。

（よ、ようやく朝が……！）

長い夜が明けたことに安堵《あんど》しつつ、急いで起き上がろうとする。

けれどもそのとき、シャーロットの後ろで緩慢に身じろいだ気配があった。

「ん……」

「‼」

吐息と共に零《こぼ》れた声に、思わず肩を跳ねさせる。

恐る恐る後ろを振り返れば、シャーロットがあまり眠れない夜を過ごした原因は、シャーロットと同じ上掛けに入って寝息を立てていた。

（ああああああっ、オズヴァルトさまの寝顔が……っ‼）

何処《どこ》か無防備な表情が目に入り、シャーロットの心臓が凄《すさ》まじい音を立て始める。

一晩かけて必死に耐え、至近距離での直視を避け続けてきたにもかかわらず、ここに来てついに直視してしまった。シャーロットは自らの顔を両手で覆い、オズヴァルトの過剰摂取から身を守る。

（大変です有り得ません由々しいです‼　オズヴァルトさまと、おんなじ寝台で寝ているというこの状況……‼）

シャーロットはオズヴァルトと夫婦だが、屋敷ではお互いの部屋は別だ。

おやすみなさいの挨拶《あいさつ》をしたあとは、それぞれの部屋に戻って眠る。もちろんオズヴァルトと同じ寝台で眠ったことなど、シャーロットはこれまでに一度もない。

シャーロットがこの危機に直面することになったのは、つい昨晩のことだった。

オズヴァルトと外に出掛けて夕食を摂り、夜の聖都を少しお散歩して、宿に帰って来たまではよかったのだ。

別室にあるお風呂の支度は宿付きのメイドたちが行なってくれて、オズヴァルトとシャーロットのそれぞれが就寝の準備を終えた。

そうしてほかほかで戻ってきたシャーロットは、改めて寝室を覗《のぞ》いた際に、寝台がひとつしかないことにようやく気が付いたのである。

『何卒《なにとぞ》オズヴァルトさまがこの寝台をお使いください、何卒……!!』

『……君な……』

湯上がりのオズヴァルトは髪がまだ濡《ぬ》れていて、前髪が邪魔なのか後ろに掻き上げている。本来ならその姿を両目に焼き付けたいところなのだが、この緊急事態の解決が先だった。

『だとしたら、君は一体何処で寝るつもりだ?』

『私は立派な長椅子がありますので！　というか床で十分です!!』

『やめろ！　君はどうして積極的に床を椅子や寝具として活用する!?』

『オズヴァルトさまと同じ空間で眠る幸運は、床の硬さと冷たさで相殺しませんと……!!』

『なんとなく分かったぞ。さては君』

あわあわと懇願《こんがん》するシャーロットを前に、オズヴァルトは溜め息をつく。

『俺と同じ寝台で眠るのが、怖いんだな？』

『ぎくう……！』

本心を華麗に見抜かれてしまい、身を震わせた。

『どどどどど、どうしてそれがお分かりに⁉』

『俺は君の夫だぞ、誰よりも君の様子に詳しくなくてどうする』

『うわあん、オズヴァルトさまが理知的で格好良い……‼　ですがお分かりでしたらお許しください、一緒に寝るのは絶対に駄目です‼』

『何故だ？』

シャーロットがはっきりとした拒絶を向けた所為で、オズヴァルトは少々拗《す》ねたように目を細める。

『……ちゃんとまだ、キスしかしていない』

（『まだ』とは⁉）

言い回しに意識が持っていかれそうになるものの、シャーロットは誤解を与えていたことに気が付いた。

『オズヴァルトさま、違います！　私が恐れているのは私自身、自分の愚かさと浅ましさについてです……！』

『君の？』

『健康的な人間が一晩に寝返りを打つ回数は二十回から四十回、キングサイズの寝台の横幅はおよそ一・八メートル、そしてこの大陸の女性の平均的な腕の長さは七十センチほどです！　就寝中という自分では制御できない無意識下において、寝返りをした私の手がオズヴァルトさまに誤って触れてしまう可能性は非常に高く‼』

『すごいな君。記憶喪失なのにさり気ない豆知識がすらすらと出てきているが』

『寝ている間のオズヴァルトさまに触れてしまうようなことなど、絶対にあってはなりません……‼』

万が一にもそんな事故が起きてしまえば、シャーロットは自分を許せない。オズヴァルトの眠りが安寧であればいいと思うのに、それを脅かす存在になる訳にはいかなかった。

『どうしても一緒に寝ないなら、君が寝台で俺が長椅子だ』

『⁉』

オズヴァルトのとんでもない発言に、シャーロットは目を丸くする。けれどもオズヴァルトの表情を見れば、彼が決して譲る気が無いのは明白だった。

『うあ……ううあ、うあ……‼』

『しっかりしろ、壊れるんじゃない。――俺を長椅子で寝かせるか、君も一緒に寝台を使うかの二択だ』

『うわあああああん‼』

そんな選択肢を突きつけられては、シャーロットが拒めるはずもないのだった。

『うっ、うう……‼　オズヴァルトさまお願いです、寝台のこの辺りに結界を張ってくださいませ……！　オズヴァルトさまを、オズヴァルトさまを私からお守りせねば……！』

『待て落ち着け、妻に対する結界を張りながら眠らせるな。それに、君は俺の……』

ぷるぷる震えていたシャーロットは、オズヴァルトが何かを言い掛けてやめたことに気が付いて、顔を上げる。

『……オズヴァルトさま……？』

『…………それに、明日はあのお方の所に行くんだ。もう休もう』

恐らくは意図して話を変えたオズヴァルトに、シャーロットは頷《うなず》いたのである。

けれどもあまり寝付けなかったのは、何もかもが心臓に悪過ぎたからだ。

すぐ傍にオズヴァルトの体温が感じられる所も、寝息の音が聞こえるのも、時々響く衣擦れも。すべてに緊張が募ってしまい、夜中に何度もこれが現実かを確かめた。

そしていま、ようやく緊張感に満ち溢れた夜を乗り越えたシャーロットに、新たな試練が訪れている。

「……おはよう」

「ひゃあああああああ‼」

「シャーロット⁉」

目を開けたオズヴァルトの柔らかな声に、シャーロットは寝台から転がり落ちた。

「おい、どうした！」

「あ、朝のオズヴァルトさまが眩《まぶ》しい……っ!!」

「………」

一晩中見ないようにしていたオズヴァルトの存在は、シャーロットには刺激が強すぎる。ましてやいまのオズヴァルトは、正真正銘の寝起きなのだ。彼とは別室で寝起きしているシャーロットにとって、この姿は本当に貴重なものだった。

「まだカーテンは開けていないのに、暗がりの部屋にあってもオズヴァルトさまが眩し過ぎます……!! オズヴァルトさまの輝きはさながら太陽そのもの、体内時計が調整されてゆきます……!!」

「俺がシャーロットに近付こうとすると、シャーロットも同じだけ遠ざかる……磁石の同じ極同士か……?」

床をごろごろと転がってオズヴァルトから距離を置く。すると盛大に裾がはだけてしまい、オズヴァルトが咳払いをした。

「あー……シャーロット。朝食の前に、まずはお互い着替えよう」

「はい!! お見苦しいところを申し訳ありません!!」

シャーロットが慌《あわ》てて起き上がる前に、オズヴァルトは寝室を出て隣の部屋に移動している。

シャーロットはほっと息をつき、ナイトドレスのリボンを解《ほど》いていった。

(オズヴァルトさまとずっと一緒のお部屋……! この上なく幸せですが、順調に命が削れていく音がします!!)

「シャーロット」

「ひゃい!!」

扉の向こうから声がして、着替えながらも慌てて返事をする。オズヴァルトが着替える音をなるべく聞いてしまわないようにしつつ、春用の白いドレスに袖を通した。

「午後は少し、観光もしよう。……何をしたいか、考えておくといい」

「……!!」

何よりもオズヴァルトの気遣いに、シャーロットは嬉しくてたまらなくなる。元気よくお礼を言おうとした、そのときだった。

カーテンを閉ざした窓の下方から、遠く響く声が聞こえたのだ。

「――た、助けてくれ!!」

(お外で、悲鳴が!?)

叫び声が響いた直後、隣室で窓の開く音がする。慌てて隣に向かったシャーロットは、その瞬間に焼き付いた光景に絶叫した。

「びゃあああああっ、オズヴァルトさまのボタンが全部留まっていないシャツ姿!!」

「落ち着け《ステイ》!! 下からの悲鳴よりも元気良く叫ぶんじゃない!!」

オズヴァルトは片手で首元のボタンを留めつつ、その足を窓枠に掛ける。

「すぐ戻る。君はここに」

「オズヴァルトさま、お気を付けて……!」

本当なら何処までも傍についていきたいが、神力を封じられたシャーロットに役立てることは少ない。オズヴァルトが飛び降りた背を追って、客室の窓から顔を覗かせる。

十階の窓から見下ろす大通りは、人の顔が認識できないほどの距離だ。飛び降りたオズヴァルトの姿が遠ざかる中で、シャーロットは悲鳴の理由を知る。

石畳の大通りには、早朝とはいえ多くの人通りがあった。そして騒ぎの中心には、凄まじい雷鳴のような光を纏い、悶《もだ》え苦しんでいる男性がいる。

(あれは、魔力暴走……!?)

強い魔力を持つ人間が、その力を抑えきれずに起こす症状だ。

本人にも制御できない力が暴れ出し、周囲にも被害を及ぼして、時には死人が出てしまうこともある。

オズヴァルトの母が亡くなったのも、オズヴァルトの魔力暴走が原因だった。

(あのお方は一体……どうしてこんな往来で!?)

オズヴァルトが着地して、瞬時に結界を張ったのが見える。十階に位置するこの部屋からは、詳細な情報を得るのが難しそうだ。

(オズヴァルトさまの魔力は、私の神力を封じた際に枯渇寸前となっていています。あれから数か月が経《た》って、最大値の二割程度には回復したと仰っていましたが……)

常人から比べれば、二割でも凄まじい魔力量だ。とはいえオズヴァルトの基準からすれば、依然として万全な状態ではない。

(やはり、私も何か少しでもお手伝いを……っ)

そう思って窓から離れようとしたとき、シャーロットは息を呑《の》む。

「お待ちください。シャーロット」

「ほえ……っ⁉」

ぱしっと手首を掴《つか》まれた。

顔を上げて振り返れば、背後にはひとりの男性が立っているのだ。その人物の顔を見て、シャーロットの喉がひゅっと鳴る。

「おはようございます。……いい朝ですね？」

（どど、どうしてクライドさまが私たちのお部屋に⁉）

シャーロットを捕らえて微笑んだのは、『夫』を名乗る男性クライドだった。

柔和な微笑みを浮かべながらも、クライドの双眸《そうぼう》には油断ならない光が宿っている。

「……あら」

シャーロットは急いで冷静な顔を取り繕《つくろ》うと、『悪虐聖女』らしい振る舞いでぱっと後ろに下がった。

「待ち合わせの時間は、まだのはずですけれど？」

「ひどいお人だ。俺に会って下さるおつもりなど、最初から無かったのでは？」

クライドはまるで、昨夜のシャーロットたちの会話を見聞きしていたかのようだ。

「あるいは、オズヴァルトと共にお越しになるつもりでしたか。いずれにせよ、俺が嫉妬《しっと》で焼け死ぬ羽目になってしまいそうですね」

「……」

「俺は、あなたをあんなに愛していたのに」

クライドは胸の前に手を当てると、にこっと柔和な微笑みを浮かべる。

「そのことまで忘れてしまったのですか？　シャーロット」

（き、記憶を失う前の私ったら……!!）

シャーロットは焦《あせ》りでどきどきしながらも、心の中で自分を責めた。

（オズヴァルトさまのことが大好きだったはずなのに、一体どうしてクライドさまを誑《たぶら》かすような振る舞いを!?　……『悪虐聖女』だったからですね、そうですね!?）

クライドは言うなれば被害者だ。にもかかわらず振り回すのは、物凄《ものすご》く胸が痛んでしまう。

けれど、悪虐聖女としての正解は明白だった。

「生憎《あいにく》だけれど」

シャーロットは表面上だけ静かにクライドを見据え、淡々と告げる。

「かつて交わした約束がどのようなものであろうとも、知ったことではないわ。――いまの私は、名実ともにオズヴァルトさまのものなの」

「……シャーロット……」

（ああああ、本当に本当にごめんなさい……!）

悲しそうな目で見つめられ、罪悪感でいっぱいになる。しかしはっきりと拒絶する以外、シャーロットの取るべき選択肢はない。

（それに、このお方の目。なんとなく、直感ではありますが……）

シャーロットがそんなことを考えた、そのときだった。

「仕方がありません。あなたが記憶を取り戻さないことには、始まりませんね」

「………………」

「どうか私のもとへ、一度だけでも来てはいただけませんか？　そうすれば」

クライドはその目を眇め、低くて掠《かす》れた甘い声で囁《ささや》く。

「あなたの本当の過去を、教えて差し上げます」

（私の、本当の過去……？）


消し去られてしまった記憶の中に、シャーロットの知るべきことが眠っているのだろうか。

（国王陛下に命じられた振る舞いとはいえ、『私』は戦場で多くの方々の想いを踏み躙《にじ》ってきました。記憶が無いままの私に、本当の意味での償いは出来ない……）

シャーロットはこくりと喉を鳴らす。

（向き合うために必要なのは、私自身の記憶。このお方は、それを……）

微笑んだクライドのその手が、シャーロットの方に伸ばされた。

それでも拒絶しようとした、その瞬間だ。

「!!」

シャーロットとクライドの間を遮断するかのように、床から無数の氷柱《ひょうちゅう》が突き出す。クライドが咄嗟《とっさ》に手を引かなければ、氷はその手を貫いていたかもしれない。

「シャーロット」

「オズヴァルトさま！」

転移陣から現れたオズヴァルトが、シャーロットを背に庇《かば》う。ぱきんと音を立てて砕けた氷の向こうで、クライドが笑った。

「ははっ、早いな。下で起きていた魔力暴走を、もう鎮《しず》めてしまわれたのですか？」

（この言い方。まるでクライドさまが、あの男性の魔力暴走を引き起こしたかのような……）

オズヴァルトは静かにクライドを睨み、淡々とした声音で尋ねた。

「私の妻に何か？」

（つつつつつ、妻――――っ!!）

突然の致命傷を喰らってしまい、シャーロットは必死に悶絶《もんぜつ》を抑える。ぎゅっと自分自身を抱き締めたその姿は、男性同士の争いに怯《おび》えて困惑する様子に見えたかもしれない。

「『私の妻』はこちらの台詞ですよ。オズヴァルト殿」

「シャーロットのことも俺のことも、そのように呼ばせることを許したつもりはないが」

「おっと失敬、ラングハイム殿とお呼びした方が？」

あくまで穏やかに微笑むクライドの様子は、却《かえ》ってそれが挑発に見える。

「それにシャーロットは、まだオズヴァルト殿の正式な妻ではないでしょう」

「そのように断定される謂《いわ》れはないな。我が国の国王陛下がお認めになった、正式な婚姻だ」

「ですが、婚姻の祝福は拒まれた？」

「――――……」

オズヴァルトが眉根を寄せる。何もかも見抜いているかのようなクライドの言葉に、シャーロットも警戒心を強めた。

「お忘れなきよう、『オズヴァルト殿』。略奪者は俺ではなく、あなたの方ですよ」

「……何を」

「近々必ず、シャーロットは返していただきます。……では、今日はこれにて」

すっと後ろに一歩退いて、クライドはシャーロットに微笑みかけた。かと思えばその姿は、転移の陣によって瞬時に消える。

「……すまなかった、シャーロット」

息を吐き出したオズヴァルトが、シャーロットを振り返って手を伸ばした。

「君から目を離し、危険な目に遭わせたことが不甲斐《ふがい》ない。……怖くはなかったか？」

「お、オズ……っ」

「おず？」

シャーロットはぷるぷると震えつつ、ずっと我慢していた衝動を口にする。

「オズヴァルトさまの格好良さが、何よりも怖いです……っ!!」

「………」

どしゃあっと床に跪いたシャーロットを、オズヴァルトが半ば死んだ目で見つめていた。

「そもそも窓から飛び降りて、魔力暴走を鎮めに向かわれた時点から限界突破でしたのに!! 即解決で私を守ってくださるその手腕、世界中の誰も並ぶことは出来ないのでは!? クライドさまと対峙《たいじ》なさるその背中も凛々《りり》しく格好良く、悶絶を堪えるのが何よりの重労働で……!!」

「ひとまず君が元気そうでよかった、今後は一層守りの強化をしていこう。旅行用に就寝時や寝起きも身に付けられる守護石を調達しなくてはな……」

オズヴァルトにもらった守護石の首飾りは、たくさんの装飾が施されたものだ。就寝時にも首から掛けておくことは現実的ではなく、いまは寝台の横のサイドテーブルに置いてあるのだった。

「起きてすぐに着用しなかった私は、自衛の意識が足りませんでしたね……」

「着替える間もなく下での騒ぎがあったんだ、君がしょげる必要はない。……俺の責任だ」

そう口にしたオズヴァルトの声は重い。彼は部屋の天井付近を見上げ、ぽつりと呟く。

「王侯貴族が宿泊に使うこの宿は、王城防衛級の結界が張ってあるはずだ。それなのに、あの男は……」

(……転移によって侵入できたということは、ものすごい魔術師ということになるはずです)

シャーロットは、自らの左胸にそっと手を当てる。

以前のシャーロットはクライドと、一体どのような関わりを持っていたのだろうか。

「いずれにせよ警戒しておこう。あのクライドという男は、随分と君に執着しているように見える」

「……ううーん……」

どうにも引っ掛かっていることがあり、シャーロットは首を傾げた。

「シャーロット？」

「い、いいえ！　なんでもありません」


「――シャーロットの夫を自称する男、ね」

「はい。エミール殿下」

オズヴァルトが一連の出来事を話し終えると、その人物は執務机に頬杖をついた。

彼が俯くと、銀色の髪がさらりと揺れる。伏せられた瞳がオズヴァルトと同じ赤色をしているのは、この男性とオズヴァルトが血縁者だからだ。

（この国の第三王子、エミールさま。……オズヴァルトさまからご覧になって、二歳年上の異母兄君……）

オズヴァルトがシャーロットを連れて来たのは、このエミールのいる王城執務室である。

オズヴァルトは幼少期、高い魔力と複雑な出自から、兄王子たちにも拒絶されていたそうだ。

庶子であるオズヴァルトが、自分たちの地位を脅かしかねない力を持っていたために、時には命の危険を感じるほどの行動も取られたらしい。

そんな兄王子たちの中にあって、エミールはほんの時折、オズヴァルトを助けてくれることもあったと聞いている。

シャーロットが第四王子ランドルフに連れ去られた際、諸々の事後処理を行なってくれたのも、このエミールだ。

（あのあと、エミールさまにご挨拶をした際のお言葉には、とてもびっくりしましたね……）

エミールは柔和な笑みを浮かべつつ、はっきりと断言したのである。

『僕は王位継承権に興味はないからね。骨肉の争いは、したい人間が好きにやればいい』

やさしそうな笑顔とは結びつかない、そんな口ぶりだ。

敵に回すのは得策ではなさそうな人物だが、オズヴァルトが今回頼ることにしたのはこのエミールだった。

（オズヴァルトさまは、エミールさまのことを信頼なさっているのでしょうか？）

エミールは目を伏せたまま、オズヴァルトの言葉に耳を傾けている。シャーロットは異母兄弟の会話の邪魔にならないよう、口を塞《ふさ》いだままふたりを見守っていた。

「それで新婚旅行を中断して、王都まで転移してきた訳か。僕ならば、シャーロットの過去について知ることがあるのではないかと思って？」

（『お兄さま』のお傍にいらっしゃるオズヴァルトさま、新鮮ですね……！）

「仰る通りです。ご存知の通りシャーロットに記憶はなく、私も彼女についての事情をほとんど知りません」

（はっ……!? 私ったら、とんでもないことに気が付いてしまいました!!）

「その男は、二年前にシャーロットと婚姻を結んだ旨を主張しています。しかし私とシャーロットの婚姻は、我らが国王陛下のご命令によるもの。男の主張は陛下への冒涜《ぼうとく》とも言えるでしょう」

（オズヴァルトさまはいつでも素敵なオズヴァルトさまですが、お兄さまと一緒にいらっしゃるときは『オズヴァルトさま（弟）』という属性がつくのです……!!　弟のオズヴァルトさま、弟の……!!）

「男はクライドと名乗りました。この人物にお心当たりがあるかも含め、エミール殿下のご意見を賜《たまわ》りたく」

「少し待とうか、オズヴァルト。……それから、僕の新たなる義妹、シャーロット？」

エミールはにこっと微笑みつつ、シャーロットに視線を向ける。

「……君はさっきから無言なのに、どうしてそんなに賑《にぎ》やかな気配を放っているのかな？」

「おっ、おと、弟……!!」

「シャーロット、息を《ステイ》しろ」

「オトオト？」

「すーっ、はーっ！」

オズヴァルトの号令によって必死に理性を保ちつつ、言われた通りの深呼吸をする。

エミールは楽しそうに笑い、机に両手で頬杖をついた。

「はは。お嫁さんというよりは、小さくて健気《けなげ》な動物という振る舞いだ」

「恐れながら、彼女は間違いなく俺の妻です。……愛らしい犬のようなのは否定しませんが」

「つまあ……っ！」

引き続きの攻撃に、シャーロットは両手で顔を覆った。『エミールの「弟」であるオズヴァルト』という存在だけで息も絶え絶えだったのが、何度もとどめを刺されているような心境だ。

「おとうと、つま、おとうと、つま……」

「まさかあの悪虐聖女ちゃんの中身が、こんなに愉快だなんてねえ」

エミールはくすくす笑いつつ、見た目だけならばとてもやさしそうな微笑みをシャーロットに注ぐ。

「――僕たち兄弟の力関係を変える『鍵』には、とても見えないな」

「！」

その言葉に、シャーロットはぴんと背筋を伸ばした。傍《かたわ》らのオズヴァルトが、ほんの少しだけ眉根を寄せる。

「……エミール殿下」

「自覚は常に持っておくべきだよ、オズヴァルト。お前はすでに、自分の持つ王位継承権を主張している」

エミールは頬杖の姿勢を崩して、目の前に立つオズヴァルトを上目遣いに見上げた。

「それはつまり、王位継承権の争いに名乗りをあげたということと同義だ。たとえ、お前は玉座に興味がなくとも」

「オズヴァルトさま……」

オズヴァルトは国王の息子でありながら、母親の身分の関係で、王子であることを隠されながら育った立場だ。子供の頃は存在を隠され、成長して魔術の腕が認められてからは、公爵家の養子とし

て迎えられた存在である。

あくまで臣下の身の上であり、王室の一員としては認められることなく、オズヴァルト自身もそれを受け入れながら生きてきたのだ。

それなのにオズヴァルトはつい先日、彼の祖父を後見人とした上で、自身にも王位継承権があることを父親と兄弟たちに示した。

すべては、これまで王室に虐《しいた》げられてきたらしいシャーロットを守るためである。シャーロットが害されそうになったとき、公爵の身分では、王子たちに手出しが出来ない。

しかし、王位継承権を持つ王子としてであれば、オズヴァルトも対等に対峙出来る。

すべてはそのために行動してくれたのだった。

「もしかして……」

先ほどのエミールの発言をきっかけに、シャーロットの脳裏に想像が浮かぶ。

「私とオズヴァルトさまの結婚は、国王になりたい他の王子さまたちにとって、ものすごく不都合なことでしょうか？」

「…………」

恐らくはオズヴァルトも同じことを考えながら、敢《あ》えて口にはしていないのだろう。エミールもにこりと微笑みを浮かべ、遠回しに肯定した。

「君は、オズヴァルトに並ぶ我が国の最終兵器だよ。悪虐聖女ちゃん」

神力を封じられ、記憶が無くなった今のシャーロットにも、その発言の意味はよく分かる。

「父上が君とオズヴァルトの結婚を命じたとき、兄弟たちの半分以上は焦ったんじゃないかな」

「……私がオズヴァルトさまのものになれば、王位継承権を持つ皆さまの中でも、オズヴァルトさまの力が突出してしまうからですか？」

「その通り。もっとも君の神力を封じた上で、監視役として傍にいられるのは、オズヴァルトと一番上の兄上くらいだ。とはいえ現時点で王位継承権一位の嫡男を、自国の聖女と結婚させるのも損だからね」

「オズヴァルトさまの、一番上のお兄さま……」

王族の結婚は、基本的に政略を前提として行なわれる。

王太子の妻の座は、国外との同盟や外交において重要なため、その座にシャーロットを就かせる考えはなかったということなのだろう。

「……アンドレアス殿下は、シャーロットと折り合いが悪いとのお噂《うわさ》でしたが」

「記憶を失う前のシャーロットちゃんは、あの兄上に対しても強気の態度だったからね。恐らくはそれも悪虐聖女としての演技だったのだろうけれど、臣下たちはよく冷や冷やしていたよ」

エミールは笑い、きょとんとしているシャーロットにウインクをする。

「怖い人なんだ、気を付けて。オズヴァルトであろうとも、アンドレアス兄上と争うと無傷ではいられない」

「お、オズヴァルトさまでもですか⁉」

「落ち着け。君が狙われない限り、俺があのお方と衝突することはない」

「ううう、オズヴァルトさまが格好良いですうう……!!」

だが、ときめいてばかりでは話が進まない。

シャーロットははっとして、姿勢を正す。

「国王さまはどうしても、私の神力を封じたかったのですよね？」

「そう。なにせ、悪虐聖女の名前は国内外に轟《とどろ》きすぎたからね」

言うまでもなく悪名だろうが、シャーロットにとってその点は気にならない。ふんふんと頷きながら、一生懸命にエミールの話を聞く。

「あのタイミングで神力を封じておかなければ、聖女シャーロットを狙う国々との戦争が繰り広げられることになっていたはずだ。けれど父上が戦争を行う目的は、あくまで国を広げて豊かにするためだから」

「そんな理由での戦争は避けたい、ということですね？」

「そう。しかもこの結婚は君を封じるだけでなく、オズヴァルトに余計な力を付けさせない方法としても使える。父上からしてみれば、国内の貴族令嬢がオズヴァルトの妻として後ろ盾となるよりも、神力を封じられた無力な聖女がお嫁さんに来た方が御《ぎょ》しやすい。オズヴァルトが王位継承者になる場合も、一介の公爵で終わる場合もだ」

オズヴァルトには五人の兄がいる。こうして父王の考えを説明できるのはエミールだけではなく、他の兄弟も同様のはずだ。

「他の王子さまたちも、いずれ国王さまがオズヴァルトさまに対して、私の神力を封じて結婚するように命令することが予想できた……」

「そうなるね。数年前からそれを予見して、シャーロットと『別の誰かを秘密裏に結婚させた』兄弟がいたとしても、おかしくはないかな」

エミールは頬杖をやめ、椅子の背凭《せもた》れに身を預ける。

「君たちふたりの結婚を妨害することは、オズヴァルトの王位継承を妨げることと、見事に繋《つな》がる」

「――――……」

オズヴァルトが、忌々しそうに目を伏せた。


「……たかだか王位などのために」

オズヴァルトの小さな声音には、この推測に関する憤《いきどお》りが滲《にじ》んでいる。

「シャーロットの人生を利用した、と？」

（オズヴァルトさま……）

彼の横顔を見上げたシャーロットは、胸がずきりと痛むのを感じた。

オズヴァルトの赤い瞳には、紛《まぎ》れもない怒りが揺らいでいる。

（あるいは嫌悪と言えるのでしょうか。……けれど、何よりも……）

シャーロットは左胸に添えた手を、きゅっと握り込む。

「――オズヴァルトさまは、世界で一番素敵なお方です！」

「……シャーロット？」

突然何を言い出したのかと、驚いたようなまなざしが向けられた。エミールも不思議がっているようだが、シャーロットにはオズヴァルト以外を見る余裕もない。

「魔術騎士団の団長でいらっしゃるオズヴァルトさまも、公爵のオズヴァルトさまも素敵です！　お忍びの際、普通の町人という顔をして街を歩いていらっしゃるオズヴァルトさまも!!　小さな子供たちに慕われて鬼ごっこをしてあげている、やさしいお兄さんとしてのオズヴァルトさまも、とってもとっても大好きです!!」

「ま、待て。エミール殿下の前で、一体どうし……」

「そしてもちろん。……国王陛下のご子息であり、王位継承権をお持ちの立場であるオズヴァルトさまも……!!」

「！」

オズヴァルトの隣に立っていたシャーロットは、急いで彼の正面に回る。

エミールに背を向ける不敬ではあるが、何も言わずに見守ってくれた。

「オズヴァルトさまを構成するそのすべてが、私の大好きなオズヴァルトさまなのです！　必要でしたら私、この場に正座してひとつひとつ入念に申し上げますね!?」

「気持ちは有《あ》り難《がた》いが大丈夫だ!!　どうしたんだ君は、いつもとは種類の違った様子のおかしさだぞ!?」

「だって……！」

シャーロットが突然しゅんとしたことに、オズヴァルトがぎくりと身構える。

シャーロットは、彼のやさしさをはっきりと感じながらも、悲しくなるのを堪えられない。

「……ご自身が、王位継承権所有者としてのお立場に生まれたことを。私のために、自責していらっしゃるように見えました……」

「……！」

オズヴァルトが目を瞠《みは》った。

シャーロットが見抜いたことへの驚きなのか、彼にも自覚がなかったことによるものなのかは分からない。

あるいは、その両方だろうか。

「確かに私の人生は、王族の皆さまによって左右されてきたかもしれません。ですが、だからこそ今はこうして、オズヴァルトさまのお隣にいることが出来ています！」

「……だが」

「忘れないでください、オズヴァルトさま」

どうしても伝えたい気持ちに押され、シャーロットは思わずオズヴァルトの上着を握る。

いつもならとても出来ない振る舞いだが、こうして触れていた方が、拙《つたな》い言葉を補えるような気がした。

「あなたが生きていて下さるだけで、私は本当に幸福なのです。その上にお嫁さんにまでなれたのですから、何が起きたって幸せであり続けられます!!」

「………君は」

「それにですよ!?　いつか私とオズヴァルトさまが結婚すると、何年も前から想定していらっしゃって、準備なさっていたお方がいるかもしれないなんて!!　それがオズヴァルトさまのお兄さまかもしれないなんて、考えるだけで……っ!!　ごっ、ご家族公認……!!」

「待て、倒れそうになるな!!」

「はっ!!」

がっし、と肩を掴まれて正気を取り戻す。シャーロットは慌ててオズヴァルトを見つめ、もう一度重ねた。

「とにかく、考えましょうオズヴァルトさま！　謀略による結婚妨害なのでしたら、同じく謀略によって一件落着を目指せるはずですから!!」

「……」

「ね？」

シャーロットは両手をぐっと握り込んで、気合と力いっぱいを表現するポーズを取る。

「私、頑張りますので！」

「………っ、ふ」

眉間《みけん》に寄せられていた皺《しわ》が消え、オズヴァルトが耐えかねたように吹き出した。

その上で少し困ったように、大切なものを見るまなざしで微笑むのだ。

「君と居ると、俺は自分を嫌う暇もないな」

「〜〜〜……っ‼」

その微笑みに見惚《みと》れ、頬が熱くなる。シャーロットが声にならない悲鳴を上げて身悶えていると、後ろからエミールの声がした。

「そこの新婚さんたち。お兄ちゃんが見ているのを忘れてないかな」

「……失礼いたしました、エミール殿下」

こほんと咳払いをするオズヴァルトに、エミールはにっこりと笑い掛ける。

「ともあれ継承権争いに絡む可能性があるなら、僕も少しだけ首を突っ込んでおこうかな。騒ぎが大きくなってしまうと、揉《も》め事《ごと》や面倒が生まれそうでうっとうしいから――君たちふたりのことは、おじいさまからも頼まれていることだし」

（おじいさま……。はっきりと正体を教わった訳ではありませんが、恐らくは……）

「僕としてはこのまま順当に、アンドレアス兄上が王になって欲しいところなんだよね」

恐らくは、それが一番『面倒がない』ということなのだろう。エミールはいつも一貫して、継承権争いから一歩引いた場所に立っている。

「お力添えいただけること、大変心強く存じます。エミール殿下」

「これは貸しだよ、オズヴァルト。まずはシャーロット、君は囮《おとり》ね？」

「ふえ」

「エミール殿下……」

オズヴァルトの強い視線を受けても、エミールはにっこりと笑うのだ。

「王族経験の浅い異母弟に、教えてあげる。……一件落着を目指すためには、犠牲を生む覚悟も必要だということを」

三章　旦那さまのお役に、立ちたいです！（もちろん、まだまだ頑張り中ですが）

　クライドには、子供の頃を思い出す度に、必ず浮かんでくる光景がある。

『このガキ。たったこれだけの情報を奪うのに、いつまで時間を掛けるつもりだ？』

『……っ』

　骨が折れている痛みの中、命からがら逃げ出してきたクライドは、浅い呼吸を繰り返していた。

『お前を金で買ってやった恩も忘れて、ヘマしやがって。お前がちんたらすればするほど、俺たちまで危なくなるだろうが。分かってんのか？』

『う……！』

　床に蹲《うずくま》ったクライドの体を、男が靴の先で転がす。

　激痛の中でも悲鳴が出ないよう、必死に歯を食いしばっている中で、男たちはクライドを見下ろしながら軽口を叩《たた》いた。

『まあいい。これは難攻不落と言われた国の、王族どもが隠していた魔術書の写しだぜ？　取引先を吟味すれば、高値で売れる』

『子供ってのは得だよなあ、標的どもの口も軽くなる。万が一バレてもこうやって、殺されずに半殺しで済むことも多い』

『ははっ。とはいっても、殺されるときは殺されるけどな』

石造りの殺風景な部屋に、何がおかしいのか理解できない笑い声が響く。そんな中、男のひとりが声を上げた。

『っと。おい、誰か来たぞ！』

『やべえな、ずらかれ！』

『待て待て、このガキはどうするんだよ⁉　見つかったら余計なことを吐くかもしれねえぞ』

『知るか、だったらお前が連れて逃げろ！』

痛みで意識が遠のく中、そんな会話が聞こえたようにも思う。

足音が遠ざかり、見捨てられたのだとはっきり理解しても、起き上がる気力すら湧《わ》かなかった。

（……あの魔術書の写しが、本物の内容を少し変えた偽物だと知ったら、あいつらはどんな顔をするだろうな……）

そんな風に思いながら、くちびるだけで笑うことも出来ない。

誰かの気配が近付いてくる中、いまにも気を失いそうだ。

あの国からの追っ手だろうか。

あるいは、クライドを買った男たちを捕らえに来た、この国の騎士だろうか。

いずれにせよクライドも捕まって、殺されてしまうのだ。

すべてを諦めていたそのとき、体に温かな力が流れ込んできた。

『……？』

開けることの出来なかった目を、開けられるようになっている。

視界に映っていたのは、クライドを心配そうに覗《のぞ》き込んでいる、クライドよりも数歳は幼いであろう少女の姿だった。

『大丈夫ですか……!?』

その女の子は、淡い水色の瞳を持っている。

髪はふわふわと波打って、それはクライドと同じ赤色だった。傷だらけというほどではないが、纏《まと》っているドレスは古びていて、何処《どこ》か貧しい身なりをしている。

『……君、は』

『あ！　ごめんなさい、おしゃべりはしなくても大丈夫です……！　もうすこし、じっとしていてください……!!』

女の子の手から生まれた柔らかな光が、クライドの体に染み込んでいった。痛みが消え、体が軽くなり、どんどん傷が塞《ふさ》がっていくのが分かる。

（これは、治癒《ちゆ》魔術……？）

治癒に関する魔術を使えるのは、世界に存在する魔術師たちの中でも、ほんの一握りの女性だけだ。

少しの治癒が扱えるだけでも、彼女たちはあちこちで重用される。

ましてや目の前のこの女の子は、骨が折れていたクライドの体を完璧に治してみせたのだ。それがどれほど凄《すご》いことなのか、この年齢のクライドも理解していた。

『もう、痛いところはありませんか？』

『……うん』

少女に手伝ってもらいながら、クライドは身を起こす。

『もう、大丈夫だ』

『！』

そう答えると、彼女は満面の笑みを浮かべ、心の底から安堵《あんど》したように呟《つぶや》いた。

『よかったあ……！』

『――――！』

優しい言葉をもらえたことなど、別段、このときが初めてではなかったのだ。

魔術が使えるクライドの仕事は、あちこちから秘密を盗むことだった。それが出来るからこそ誰かに買われて、今日まで生きながらえた。

子供の顔を利用したクライドは、潜入先で可愛《かわい》がられた。

手軽な愛情を向けてくれた人たちを油断させ、時には見つかって殴られ、殺されかける。そんな日々の中、善人たちに付け入るためわざと怪我《けが》をして、同情を買ったこともあった。

存在しない家族の代わりに、そうやって心配してくれた人たちから、大切な秘密を得てきたのだ。

そのことに罪悪感を持つ時期など、幼いながらに過ぎ去っていた。

だというのに、『演じていないそのままのクライドを心配してくれた』というだけで、その少女の笑顔が焼き付いて離れない。

『君も、怪我をしているのに』

『あ！　わたし、自分をなおすの、あんまりじょうずじゃなくて……』

そう言って恥ずかしそうに俯《うつむ》いた、その顔がとても愛らしかった。それなのにあちこちにある痣《あざ》が、とても痛ましい。

『君の、名前は？』

『わたしですか？　はい！　わたしは、シャ……』

言葉を途中で止めた見えた女の子は、その口を慌《あわ》てて手で塞ぐ。

『……ろ。ろ、ろ、ロッティ、です！』

『ロッティ……』

自分も名乗ろうとしたクライドは、けれどもすぐに思い直した。この名前を知っているだけで、彼女に迷惑が掛かるかもしれないのだ。

『君は、どうしてこんなところに？』

『わたし、いつもはお勉強と魔術のれんしゅうをしているのです！　あっちにある、おっきな教会で！』

少女の小さな指が、この部屋の北側の壁を指差す。この廃屋は森の中にあって、遠くに教会の屋根が見えるのを思い出した。

『いっぱいれんしゅうしているのですよ！　もっとじょうずになって、おっきくなって……そうしたら、わたし』

淡い水色の瞳をきらきらと輝かせ、赤い髪の彼女は笑った。

『戦争に行くんです！』


酒場の片隅にある椅子に掛けて、クライドは目を閉じていた。

（まったく、忌々《いまいま》しい）

あの少女のことを考えるのは、ほんの時々に留《とど》められていたはずだ。

一時期は浮かんでくる思い出に苦しみ、記憶を封じられればと願ったほどだが、成長するにつれて制御できるようになっていた。

（それなのに、近頃どうしてこうも彼女を思い出すのかと、不思議だったが……）

クライドはゆっくり目を開けると、グラスを手にしたまま振り返る。

それと同時に、たおやかで蠱惑《こわく》的な女性の声が聞こえてきた。

「宿への伝言をありがとう。クライド、だったかしら？」

「……ようやくあなたにお越しいただけて、嬉《うれ》しく思いますよ」

クライドは、そこに立っている彼女を見て微笑《ほほえ》む。

「愛《いと》しのシャーロット。あなたは今宵も、美しい」

「……ふふ」

今回の『標的』であるシャーロットの瞳の色は、思い出の少女と同じ色をしているのだ。

（シャーロット・リア・ラングハイム。こうして見れば見るほどに、美しい女なのは否定しない）

月の色をした長い髪は、波のような曲線を描いている。

数日前に会った際、彼女は女性らしい体のラインを隠す、貞淑な意匠のドレスを纏っていた。

けれども今夜のシャーロットは、胸の谷間まで深く露出した、まさしく悪女らしい出立《いでた》ちだ。

紅に彩られたくちびるが、立ち上がったクライドに微笑みを向ける。彼女の胸元や両耳には、上品な輝きを放つ宝飾が揺れていた。

（巧妙に隠蔽してはあるものの、身に付けているのはすべて守護石だな。単純に誘い出されたのではなく、一種の囮《おとり》のようなものか）

それらを承知した上で、クライドは微笑みを浮かべる。

「こうしてお傍《そば》に居られることが、俺にとってはこの上のない喜びです」

そしてシャーロットの手を取ると、自分が先ほどまで座っていた椅子へと誘導して座らせた。彼女の隣に跪《ひざまず》き、愛しい女を口説くふりをして目を眇《すが》める。

「語らいの時間はいただけるのでしょうか？　シャーロット」

「……そうね」

気位の高そうな振る舞いで、聖女シャーロットはふっと笑う。

「退屈な話は聞きたくないわ。私、楽しいことだけが大好きなの」

「……」

その姿はまさしく高慢だ。滅多なことでは手中に収めることは出来ない、棘《とげ》のある薔薇《ばら》を思わせる。

静かな酒場に集まった男たちが、遠くからシャーロットに見惚《みと》れているのが分かった。この店は立場のある男性か、その客に招かれた人間しか入れない一流店だ。

「まずは、お飲み物でも」

クライドはそつのないウインクをし、こう尋ねる。

「あなたの瞳の色をした、こちらの酒などいかがですか？」


（こここっ、このような感じで大丈夫なのでしょうか!?）

足を踏み入れた上品な酒場で、ふかふかの革張り椅子に腰を下ろしながら、シャーロットは全力で緊張していた。

明かりの絞られた店内には、バイオリンの音色が響いている。

品の良い身なりをした男性たちがテーブルを囲み、グラスを片手に談笑している様子は、酒場というよりも夜会の会場を思わせた。

シャーロットの前に運ばれてきたのは、小さなグラスに注がれた青いお酒だ。これがシャーロットの瞳の色だと言っていた男性は、向かいの席で微笑みながらこちらを見ている。

（一昨日、宿のお部屋に侵入されたとき以来です。相変わらず紳士的ではありますが、何処となく掴《つか》めないお方……）

クライドと名乗った赤髪の男に、内心が気付かれないよう向き直った。あくまで悪女のふりをしながら、表面上は悠然とグラスを手にする。

二日前、オズヴァルトの兄王子であるエミールは、シャーロットに向けてこう言ったのだ。

『クライドという男を探るなら、シャーロットがその誘いに乗るのが一番だ。そいつの呼び出しに応じてやって、こちらも情報を手に入れる。そうすれば……』

『エミール殿下』

兄王子の発言を、オズヴァルトははっきりと遮った。

声を荒げている訳でも、明白な怒りが滲《にじ》んでいる訳でもない。それなのにはっきりと意思の伝わる、そんな声音だ。

『私が王位継承権を主張するに至ったのは、シャーロットを危険な目に遭わせないために他なりません。そのご提案は、夫として承服いたしかねます』

『さあて。シャーロットの意見を聞くべきかな』

『――殿下』

『いいかい？　オズヴァルト』

オズヴァルトがなおも言い募るのに対し、エミールはあくまで柔らかな口調で続ける。

『この問題が解決しなければ、君たちは婚姻の祝福を授かれないんだよ。婚姻妨害が王位継承権争いの一環かもしれない以上、僕にも無関係ではない。迅速に状況把握に努めたい』

『承知しております。だからこそシャーロットを巻き込まず、私ひとりにお任せください』

シャーロットを想った上での発言に、それでも胸が痛んだ。

『いいえ、オズヴァルトさま……！』

『シャーロット？』

結界に弾《はじ》かれたのがシャーロットである以上、オズヴァルトだけの責任であるはずもない。

それなのにオズヴァルトは、これが王位継承権争いを発端にしたものだと想定し、シャーロットを気遣ってくれているのだ。

（オズヴァルトさまにもエミール殿下にも、たくさん考えていただきました。けれど大前提として、婚姻の祝福を授かれないことは、私の問題なのです）

クライドを前にしたシャーロットは、グラスに注がれた水色のお酒を、ほんのちょっぴりだけ口にする。

（クライドさまが何かご存知なのであれば、それを私が探らなくては！　過去の私と何があったのか、何もなかったのか、裏にどなたかいらっしゃるのか、それが果たして王子殿下のどなたかなのか……！）

お酒はほとんど果物の味で、酒精はあまり感じられなかった。けれども万が一に備え、飲み口にキスをする程度に抑えておく。

（私の身に付けているアクセサリーが守護石であることくらいは、見抜かれていると思った方が良さそうですね……）

向かいに座るクライドは、酒も飲まず嬉しそうにシャーロットを見つめるばかりだ。

（私のことを愛していると仰《おっしゃ》いました。本当に私たちが結婚していたとしたら、心から、あまりにも申し訳なさすぎますが……ここに来た目的のひとつは、それを確かめるため）

そしてシャーロットは、作戦に移ることにした。

「私、あなたの話にはあまり興味がないの」

「おや？　それは寂しいですね」

悪虐聖女らしい振る舞いをしつつ、指先ひとつの動きにも気を配る。

淑女教育を施してくれたハイデマリーの教えを守りながら、優雅にグラスを傾けたシャーロットに、周囲の席から感嘆の声が漏れた。

「私が知りたいのは、他ならぬ私自身のことだけよ」

「…………」

（いいえ、本当はオズヴァルトさまのことも知りたいです！　お生まれになった日時から昨日見た夢の内容、初めてお喋《しゃべ》りなさった単語が何かまで、オズヴァルトさまのあらゆるすべてを知りたいのですが……！）

オズヴァルトのことを思い出すだけで、平常心が掻《か》き乱される。

表面上は優雅な悪女のままだが、小刻みに揺れるグラスの中身には、ぷるぷると細波《さざなみ》が立っていた。

「あなたが私の過去を知ると言うから、わざわざ会いに来てあげたの。お分かりかしら？」

「……俺への愛を、思い出して下さった訳ではないと？」

（あう……っ！）

オズヴァルトに恋をする身の上として、罪悪感に胸が痛む。けれども同時にシャーロットは、彼への違和感を抱《いだ》いていた。

（実は、クライドさまから愛の言葉を聞くほどに、なんだか妙な心地がするのですよね。なんといいますか）

シャーロットは、極力冷静に観察する。

（……たとえば、嘘《うそ》をついていらっしゃるような……）

「シャーロット」

クライドは悲しげな顔をして、シャーロットのことを一心に見つめる。

「あなたが俺を忘れようとも、あなたを想う気持ちは変わりません」

（うう……っ！　オズヴァルトさまがよく、私のことをわんちゃんのようだと表現なさる心情が分かります……！）

「ですが、あなたからまるで知らない人間であるかのように見詰められる度、身を引き裂かれる思いがするのも事実」

クライドは胸に手を当てて、切実なまなざしをシャーロットに向けた。

「あなたの記憶が失われている限り、俺の元には帰って来てくださらない。……必ずあのオズヴァルトの腕の中に、帰ってしまわれるのでしょう？」

（あわわわわ!!　オズヴァルトさまの腕の中だなんてそんな、そんな……!!）

大声を出したいのを堪《こら》えつつ、シャーロットはぐっと俯いた。

「あなたが記憶を取り戻《もど》すための、そのお手伝いをしたいのです。……どうか、お許しいただけませんか？」

（クライドさまは、本当に私の記憶を戻したいとお考えなのでしょうか……）

手にした扇子《せんす》を広げ、口元を隠しつつ思考する。

（私と結婚していたことも、私を愛して下さっているというのも事実で、だからこそ思い出させたいと思っていらっしゃる？　継承権争いに関与しているという想定は考えすぎで、私が祝福魔法を授かれないのも、すでにクライドさまと結婚しているからだと仮定すると……）

クライドの発言や、シャーロットが結界に弾かれる理由については、すべて辻褄《つじつま》が合ってしまうのだ。

（それなのに、やはり違和感があるのです）

「どうかお願いです、シャーロット。あなたの記憶を取り戻す、その努力の一環として……」

クライドがその目を眇め、真《ま》っ直《す》ぐにシャーロットへと懇願《こんがん》した。

「俺と共に、来ていただけませんか？」

（────あ）

その瞬間、シャーロットはあることに気付いてしまった。

「……違和感の理由が、よく分かったわ」

「違和感、ですか？」

クライドが不思議そうに首を傾《かし》げるが、シャーロットはグラスを置きながら続ける。

「近頃のオズヴァルトさまったら、私をとても可愛がって下さるの。同じ寝台で寝ると仰ったり、私との婚姻を楽しみにして下さったり……私の名を呼んで、微笑みを向けて」

オズヴァルトの姿を思い出すだけで、シャーロットの胸がきゅうっと疼《うず》く。

与えられる想いを受け取る度に、シャーロットはいつも叫び出しそうになった。すべてを抱き締めていたいのに、耐えられないような気持ちにもなって、身に余る喜びに震えてしまう。

（オズヴァルトさま……）

思わず微笑みを浮かべたシャーロットに対し、クライドはやさしい微笑みを向けた。

「……あなたから他の男の話を聞くのは、どうしても心が乱されますね」

彼の言葉はさびしげで、これまでは罪悪感が刺激されていた。

けれどもいまのシャーロットは、悪女らしくきちんと振る舞える。

「嘘よ」

脳裏に思い描くのは、シャーロットを慈しむように見詰めてくれる、大好きなオズヴァルトの双眸《そうぼう》だ。

大事なものに向けるまなざしの中に、確かな熱を帯びている。オズヴァルトのあの瞳と、クライドの目付きは違っていた。

「あなたは私のことなんて、ちっとも愛していないでしょう？」

「――……」

どれだけ表情を取り繕《つくろ》っても、その目が如実に物語る。

「シャーロット」

「あら。こちらに来ないで？」

シャーロットはくすっと微笑み、悪女らしくクライドを挑発しながら拒んだ。

「私を愛するなどと言った嘘つきには、近付きたくないの」

「…………」

それでも立ち上がったクライドが、椅子に深く腰掛けたシャーロットの顔を覗き込む。

「近付かないでと、言ったでしょう」

「……聞けませんね」

（ここで私は、本気でクライドさまを拒むふりをして――作戦を決行するチャンスです!!）

実のところ、シャーロットのこの場での目的は、会話でクライドから情報を引き出すことではないのだ。

エミールはシャーロットに、小さな宝石の粒のようなものを渡してくれた。

『いいかいシャーロット。そのクライドという男に接近して、気付かれないようにこの魔術具を仕込んでおいで。小さなビーズくらいの大きさだから、さり気なくポケットにでも忍ばせるんだよ』

けれどもポケットに物を入れるのは、よほど近付かなければ難しい。

どれほど小さなものであろうと、仕掛ける動きそのものが不自然なため、クライドが接近してくれる好機を探っていた。

（あと少し近付けば、なんとかクライドさまのポケットに隠せるかもしれません！）

シャーロットが行動に移そうとした、そのときである。

「失礼。シャーロット」

「？」

身を屈《かが》めたクライドが、シャーロットの耳元で囁いた。

「少しだけ、お身体を伏せていていただけますか？」

「え……」

その瞬間、クライドがぐっとシャーロットを抱き締める。

直後、シャーロットとクライドのすぐ傍に、風の魔法が迸《ほとばし》った。

（この魔術……）

瞬《まばた》きをして見上げたシャーロットは、血の匂いがすることに気が付いて息を呑《の》む。


（……俺を狙った傭兵《ようへい》が、こんなところまで追ってくるとは）

シャーロットを抱き竦《すく》めたクライドは、店の奥で暴れている男を見下ろしながら、捕縛魔術を使った右手を下ろす。

クライドを狙った風魔法は、この男によって放たれたのだ。

落ち着いた雰囲気だった酒場の店内は、男性客たちの混乱に満ちている。クライドはシャーロットから離れると、落ち着いた足取りで襲撃者の傍に向かい、その横へと跪いた。

「失礼、お客人」

クライドが微笑めば、男は怯《ひる》んだように目を見開く。

「誰の依頼で俺を殺しにいらしたのか、手短に吐いていただいても？」

「ぐっ、うう……！」

「おっと、痛みが強くて話せませんか」

他人を裏切り、それによって情報を集めるのがクライドの仕事だ。自分を狙ってくる候補を思い浮かべれば、両手の数では足りもしない。

（そもそも今は、追跡魔法を妨害する結界を使用していない。いつでも魔術接続による通信が出来るようにという『依頼主』の希望で、仕方がないが……）

こうした面倒が増えるのであれば、考える必要があるだろう。

「ひとまずあなたには、後ほどゆっくり話を聞くと致しましょう」

「ぐ、う……！　あ、や、やめ……」

微笑んで、物質の転移魔法を発動させた。

魔法陣が床に広がり、襲撃者の姿が瞬時に消える。落ち着いて話が聞けるように、クライドの拠点のひとつへと飛ばしたのだ。

「お、お客さま……？」

「お騒がせしてしまい、申し訳ございません。他のテーブルの皆さまには、こちらでお詫《わ》びを」

上着から取り出した金貨の袋を、にこやかに黒服の店員へと渡した。慌てたように頭を下げる彼を横目に、クライドは襟を直すふりをして考える。

思考を練る対象は、後ろにいる聖女シャーロットだ。

（聖女殿に、俺の嘘を見破られてしまうとはな）

笑みを浮かべたクライドは、さほど困ってはいなかった。

（俺の呼び出しに応じたのも、ある種の作戦を立てた結果……シャーロットに指示をしている人物がいるようだ。だが、この場を監視魔術で見張っている訳ではないいな）

シャーロットの行動は、事前に予測していたうちのひとつでもある。シャーロットに恋をしているのが嘘だと知られたところで、さしたる問題ではないのだ。

（入念な調査と観察があれば、大半の対策は講じられる）

目を閉じ、計算を組み立てる。

そしてクライドは浅く息をつくと、完璧な笑みを作ってから口を開いた。

「あなたを巻き込んでしまい、申し訳ありません。シャーロット」

その笑みを顔に貼り付けたまま、シャーロットの方を振り返る。

「生憎《あいにく》、あちこちから恨みを買っているものでして」

恐らくシャーロットはこれまでのように、澄ました顔で返事をするのだろう。そんなことを想像しながらも、クライドは目を細める。

「ともあれ。あなたが身に付けていらっしゃる守護石を発動させずに済んで、何よりで――」

「こちらへ」

「！」

シャーロットの冷たい手が、迷わずにクライドの手を取った。

「何を……」

「いいから、こちらに来てと言っているの」

彼女がクライドを連れて行こうとしているのは、どうやら店の外のようだ。戸惑う店員に『後で戻る』と目で合図をしつつ、クライドはそれに従った。

聖都の片隅にあるこの店の周りは、夜になると人通りも少ない。石畳の路《みち》に出たところで、シャーロットはようやく足を止めた。

「シャーロット？」

「っ、傷口を……！」

彼女は急いでクライドの腕を掴む。その力が思ったよりも強くて、クライドは思わず瞬きをした。

「傷口とは？」

「ここに！　たったいま、私を助けて下さったことによって負われたお怪我です！」

「……ああ」

風魔法によって切り裂かれた袖は、血で赤く濡《ぬ》れている。先ほどの襲撃者によるものだが、クライドはあまり意識していなかった。

少々の怪我が出来たとしても、痛みを痛みと感じないように訓練をしている。自分の生存確率を落とす行為だと分かっていても、この方が任務の成功率が高いのだ。

「この程度は問題ありません。それよりも……」

「お喋りはしなくても大丈夫です……！　いまは少し、じっとしていてください……!!」

(なんだ？　随分と、雰囲気が違うが)

「失礼します。……ごめんなさい、オズヴァルトさま……」

小声で小さくそう述べたシャーロットは、クライドの傷口に手を翳《かざ》した。

(まさか)

柔らかな光が、クライドの体に染み込んでゆく。

痛みが消え、体が軽くなり、どんどん傷が塞がっていくのが分かった。

それを受けながら、クライドは信じられない気持ちになる。

(何故、シャーロットが俺の治癒を？)

治癒の魔術が使える人間は、この世界でほんの一握りだ。

それも女性にしか生まれて来ず、大きな傷を治せる魔術師はさらに希少な存在で、聖女と呼ばれる。

聖女が使うのは神力と呼ばれるが、それは魔力と等しいものだ。魔術を使えば神力は消耗し、回復に時間を要する。

（シャーロットは先ほど、俺がシャーロットに恋をしていることは嘘だと見破った。……少なくとも、彼女の敵となり得る存在だということを、疑われているはずだが）

クライドに治癒魔術を使うシャーロットの表情は、真剣そのものだった。

形の良い眉を歪《ゆが》め、必死に傷口を見つめるまなざしは、クライドを心配するような表情にさえ見える。

（使い惜しみをして然《しか》るべき治癒魔術を、不審な存在である俺に使うだと？　……この表情。俺はこれを、何処かで……）

「安心して下さいね。……もう少し、ですから……」

シャーロットの首筋を、美しい汗の雫《しずく》が一粒伝う。

クライドは彼女の真摯な双眸を見下ろしながら、かつてのことを思い出していた。

やがてシャーロットはクライドから手を離すと、額の汗を拭《ぬぐ》ってほうっと息を吐く。

「塞がりました！　もう、痛いところはありませんか？」

「……ええ」

クライドの脳裏に響いたのは、幼い頃に治癒をしてくれた、赤い髪の少女の声だ。

『もう、痛いところはありませんか？』

（……俺が、もう一度彼女に会いに行ったとき）

あのときの礼を告げたくて、両手にたくさんの花を抱えて向かった。

けれども教会に居た大人《おとな》は、クライドに向けて言い放ったのだ。

『あの子は、治癒魔法を使えるからと戦争に連れて行かれて、そこで死んだよ』

心臓が凍り付くような心地がした。

あの日の出来事を思い出しながら、クライドはゆっくりとシャーロットに告げる。

「シャーロットの治癒魔術のお陰で、もう、大丈夫です」

「！」

そう答えると、シャーロットは満面の笑みを浮かべて、心の底から安堵したように言った。

「よかったあ……！」

「――……」

幼い頃に出会った少女は、赤色の髪を持っていた。

（あの子とシャーロットの髪色は違う。だが、髪の色ならいくらでも変えられる。そんなことに、俺は何故気付かなかった？　なによりも、この瞳の色……）

シャーロットの淡い水色の瞳は、かつての少女とまったく同じなのだ。

「……ロッティ」

「ロッティ……？」

不思議そうに首を傾げたシャーロットからは、先ほどまでの悪女めいた雰囲気が消えている。

これまでの高慢な女は演技であり、今の彼女こそが本当のシャーロットなのであれば、それすらもあの少女に瓜二《うりふた》つだ。

（……まさか、君なのか？）

クライドは、ごくりと喉を鳴らした。

（生きているはずがないと思っていた。……俺は、なんという愚かな判断を……）

「あ……！」

シャーロットは、ようやくそこで我に返ったようだ。

これまでの、クライドを心配してくれていた愛らしい表情が、途端に『悪虐聖女』のものに変わる。

「こ――これで、あなたが私を守った分のご褒美代わりにはなったでしょう。だけど、今後は余計な真似はしないことね」

「……」

「きゃ……っ!?」

クライドは彼女の前に跪くと、その手を取って双眸を見上げた。

「聖女シャーロットのご慈悲に、心から喜びを感じております。いずれ必ず、このお礼を」

「……必要ないわ」

シャーロットがクライドの手を払う。

先ほどまでの怪我を案じてくれているのか、拒絶の力は弱かった。

「帰るわね。あなたの所為《せい》で、ドレスが汚れてしまったもの」

シャーロットはそう言って、クライドに背を向けて駆け出してしまう。

すぐさま追って、その背中を捕らえたい心情に駆られた。クライドは必死にそれを堪えながらも、ぐっと頭を押さえて俯く。

（間違いない。……間違いない、間違いない、間違いない……！）

心臓が、強く早鐘を打っていた。

（俺はなんて馬鹿だったんだ!! ロッティのことを、考えないように生きてきた。だが、悪虐聖女シャーロットの情報を並べていけば、こんなことは明白じゃないか）

クライドは左胸に手を当てると、上着を強く握り込む。

（……シャーロットこそが、俺の、『運命の女の子』だ……）

◆ ◆ ◆

「っ、ぷわあああ……!!」

全力でクライドから逃げたシャーロットは、路地裏に飛び込んで壁に背中を付けると、無意識に止めていた息を吐き出した。

（い、いけません！ ついうっかり、治癒魔術をクライドさまに使うときに、『いつもの』私の態度に戻ってしまいました……!!）

ぜえはあと浅い呼吸を繰り返すも、ここで休んでいる暇はない。シャーロットは更に奥の路地に走り、光っている魔法陣にぴょんと飛び込んだ。

心地良い魔力に包まれて、体が浮遊する。

転移酔いなど無縁なほど正確な魔術の主は、シャーロットたちが宿泊している宿の、その長椅子で待ってくれていた。

「ただいま帰りました、オズヴァルトさま!!」

「!」

転移で戻ってきたシャーロットの姿に、オズヴァルトがすぐさま立ち上がる。シャーロットは愛しい夫に駆け寄って、事の顛末《てんまつ》を話そうとした。

「あのっ、申し訳ございません!!　ちょっとだけ失敗してしまいまして、まずはそのご報告を……」

「――シャーロット」

「!!」

言葉を遮るかのように、オズヴァルトがシャーロットを抱き締める。

シャーロットの無事を確かめる腕が、ぐっと情熱的に力を強めた。

「……あの男に」

「ひゃんっ」

耳元で喋られるくすぐったさに、思わず変な声が出てしまう。

「何も、悪いことをされていないか?」

「〜〜〜っ!」

シャーロットは、こくこくと必死に頷《うなず》いた。

「本当に？　君に危害を加えるような真似は、してこなかったんだな？」

「ほ、本当です!!　あのう、全部最初からお話を……!!」

「俺は常々部下に対して、最重要項目から報告を聞かせてほしいと頼んでいる」

オズヴァルトはシャーロットの腰から背中を、ゆっくりと辿《たど》るように撫《な》で上げた。存在を確かめるような触れ方で、心配されていたのをひしひしと感じる。

「何よりも重要なのは、任務に関わった者の安全確認だ。……何事もなかったと、君から俺に教えてくれ」

「あ、あわわ……」

耳元で囁かれる声が低くて、シャーロットはなんだかくらくらした。

「シャーロット？」

「わ、私は無事ですオズヴァルトさま……！」

心臓の鼓動がうるさくて、自分が何を喋っているかも分からなくなりそうだ。シャーロットはかちこちに固まったまま、真っ赤《まっか》な顔で彼に告げた。

「怪我もありません！　何も怖いことはされていません!!　元気いっぱいです!!」

「それ以外に、何か無礼な真似もされてないんだな？」

「はい!!　い、色々な出来事はあったのですが、それをお伝えするためにもまずは何より……」

シャーロットはぷるぷる震えつつ、切実な問題を訴える。

「オズヴァルトさまにこうして抱き締められている方が、何億倍も心臓に悪いですうううううー

「……っ!!」

「…………」

オズヴァルトは大きな溜《た》め息をついたあと、シャーロットからようやく体を離した。

「……あの男に勘付かれる危険があるからといって、やはり、監視魔術すらつけずに出掛けさせるべきではなかった」

「エミール殿下が、そうお命じになったので……！」

「それでもだ。今後はいくら強く命じられたとしても、君を守ることに全力を尽くそう」

「ひい……っ!!　少しぴりぴりしていらっしゃるオズヴァルトさまが、格好良い……!!」

息を吸えるようになったシャーロットは、両手で口を押さえて身悶《みもだ》えた。皮肉なことに、密着しているよりも少し離れている方が、安心してオズヴァルトを堪能できるのだ。

「まずは座ってくれ。紅茶を淹《い》れるから、それを飲みながら話そう」

「はい！　私はいつも通り、カップの準備をお手伝いしますね！」

そしてシャーロットは、オズヴァルトが学生のころの寮生活で淹れ方を学んだというお茶を堪能しつつ、酒場での出来事をひとつずつ話した。

「恐らくクライドさまの目的は、私を何処かに連れ出すことです」

「……依頼主の元へ、か」

（ああっ、険しいお顔……！）

オズヴァルトの眉間《みけん》の皺《しわ》が深くなり、見惚れたい気持ちを必死に抑える。

「こほん……クライドさまが私の過去を知っているのか、本当に私と結婚なさっていたのかは分かりません。ですが先ほどもお話ししたように、私に恋をなさっているというお話、その一点に関しては嘘ではないかと」

「そんな嘘をつく利点は想像がつく。過去に結婚していたという話に真実味を持たせ、君の歓心を買うためだろう」

「……とはいえ。結婚していたことまでもが嘘だとは、言い切れませんものね……」

シャーロットは改めて項垂《うなだ》れた。

なにしろシャーロットが祝福を授かれない所為で、オズヴァルトにも迷惑を掛けているのだ。

(クライドさまが何者かが分かり、その目的が判明したとしても、婚姻の祝福を授かれないこととは無関係の可能性があります。……ですが！)

それでも、シャーロットにとっての優先事項は明白だ。

(何よりも、お兄さまのどなたかがオズヴァルトさまを狙っていらっしゃらないか、それを確かめることが一番重要なのです‼　そのために私がやるべきことは、なんだってこなしましょう！)

顔を上げ、ふんすと気合いを入れ直す。そんなシャーロットの胸中を察してか、オズヴァルトは息をついた。

「あまり背負いすぎるな、シャーロット。君は今夜、十分に役割を果たしてくれた」

彼が机上に広げているのは、この国の地図だ。

その中でも聖都に近い一帯が、淡い青色に光っている。

「追跡魔術を仕掛けた石は、今も移動を続けている。少なくともまだ破壊されておらず、何者かが所持しているようだ」

「クライドさまのポケットに、えいやっと押し込んで来ました！　もっとも気付かれていて、他の方に押し付けられてしまっているかもしれませんが……」

「その点も踏まえて、数日泳がせながら魔力を分析する。罠《わな》という可能性もあるからな」

オズヴァルトは口元に手を当てて、考え込むように目を伏せた。

「これほど怪しい動きを取っている男が、追跡魔術への対策を取っていないのは不自然だ」

「その件なのですが、オズヴァルトさま！」

ぴっと手を挙げたシャーロットを、オズヴァルトが生真面目《きまじめ》に見据えて頷く。

「シャーロット。発言を」

「はい！　クライドさまは、追跡魔術などを遮断する結界を普段は使っていたとしても、いまは解除しているかもしれません」

オズヴァルトが僅《わず》かに驚いた顔をしたので、考えの理由を慌てて補足した。

「ええと……私はあまり詳しくないですが、魔術には遠くの人とお話し出来る、通信用のものがありますよね？」

「ああ。一般の魔術師には広まっていないが、軍による国家防衛のためや、王族間の会話用に使用されることが多い」

シャーロットが存在を知っているのは、オズヴァルトが使っているのを何度か見掛けたからだ。離れた場所に居る人と会話が出来る、とても便利そうな魔術である。

「オズヴァルトさま。追跡魔術を妨害する結界を使っていた場合、その通信魔術は使用出来なくなりますか？」

「そうなるな。通常の攻撃魔術と同じように、結界を破るほど強力なものであれば別だが……」

「であればやはり、この可能性を考慮したいのですが……」

長椅子の隣に座っているオズヴァルトに向けて、シャーロットは切り出した。

「クライドさまは恐らく、追跡魔法を拒む結界を張れなかったのだと思います。その理由は、どなたかと通信魔術などを行なうため……」

「……だとすれば、クライドが常に連絡を受信するような、そういった境遇に置かれた人物だということになる」

「そうですよね⁉ こうなると、クライドさまが誰かの命令を受けて動いていらっしゃるという可能性がますます濃厚になります！」

「だが、シャーロット」

オズヴァルトが、その赤い瞳でシャーロットをじっと見据えた。

「君はどうして、あの男が結界を張れなかったと勘付いた？」

「えっ。ええと、それは……」

オズヴァルトに、隠し事をするつもりではなかったのだ。

しかし話す順番を間違えると、必要以上に心配を掛けたり、シャーロットの傍にいなかった自分を責めさせてしまうような気がした。

そのためついつい後回しにしにしてしまった報告に、シャーロットは目を泳がせる。

「あのう。その」

「シャーロット。羽毛枕に悪戯《いたずら》をした子犬が、散らばった羽の中で必死に視線を逸《そ》らしているような狼狽《ろうばい》ぶりだが？」

「ううう、申し訳ございませんオズヴァルトさま……!!」

シャーロットはぎゅっと目を瞑《つむ》り、すべてを白状した。

「実は酒場で、怖いお顔の魔術師さまが、クライドさまを狙う事件がありまして……！」

「――……」

オズヴァルトの沈黙に、慌てて顔を上げる。

「わ、私は危ない目には遭いませんでした!! クライドさまが守って下さったのです!!」

「……」

「あれは間違いなく、オズヴァルトさまや私とはまったく無関係の、クライドさまだけを狙った襲撃でした！ クライドさまがすぐに対処なさって、本当にたまたま……」

「…………」

「ですが恐らく、その襲撃者さまがクライドさまを追跡できたのは、結界を解除していたからかと……!! あちこちから恨みを買っているとのお話でした。つまり普段から狙われるような立場のお人であり、いまだけ結界を張っておらず、それは通信魔術用にそうしていらっしゃるのではないかと

「……お、おも、思いまして……」

「…………」

オズヴァルトの長い沈黙に、シャーロットはどんどん萎《しお》れてゆく。

「すぐにお伝えせず、ごめんなさい……」

「……君が話しにくいと感じる空気にしてしまった、俺の態度にも責任がある」

「い、いえ!! オズヴァルトさまがそのように仰る理由など、この世界にひとつもありません!!」

ぶんぶんと大きく頭を振ったが、オズヴァルトの方を見る勇気は出ないままだ。

「おやさしいオズヴァルトさまに、ご心配をお掛けするのを避けてしまったのです……! 私を信頼してくださっているからこそ、エミール殿下の囮作戦をお許し下さったのに。申し訳ありま……」

「シャーロット」

言い聞かせるような声音で名前を呼ばれて、シャーロットはぱっと顔を上げた。

「言っただろう? 何よりも最優先すべきは、君が安全であることだ。その対策を講じることが先決であり、話してくれなかったと責めるつもりは毛頭ない」

「……オズヴァルトさま……」

「だから、こちらに来てくれ」

思わぬ言葉に、シャーロットは瞬きを二度重ねる。

「そちらに、とは……?」

「まずは改めて、君に怪我がなかったかを確認したい。その上で、これ以降の安全対策強化について進めるべきだろう？　俺の傍に来られるか」

「あの！　既にもう、こうして長椅子のお隣同士に座っているのですが……!?」

なんだか心臓がどきどきする。オズヴァルトに関するシャーロットの勘は、ものすごく当たる自信があるのだ。

「どうして私に手を伸ばしていらっしゃるのですか!?　オズヴァルトさ……まああああああっ!!」

「ほら」

オズヴァルトはシャーロットを抱えると、その横抱きの姿勢のまま、彼の膝《ひざ》にシャーロットを下ろす。

硬直したシャーロットを見下ろし、彼は至って真剣な声音で尋ねてきた。

「……少しの間、大人しく出来るな？」

「ほあ……っ」

恐ろしい予感が的中し、半分くらい悲鳴のような心境でこう叫ぶ。

「お、お許しくださいオズヴァルトさま――――っ!!」

「俺はただ君のことが大切で、心配なだけだ。――始めるぞ」


それからオズヴァルトは、シャーロットを横抱きで膝に抱えた体勢のまま、分析の魔術を使って怪我の確認を行なった。

とはいえシャーロットが戻ってきた直後も、音を盗む魔術が仕掛けられていないかを確かめながら、傷がないことを認めてもらったはずだ。

それなのにオズヴァルトは、とても真摯なまなざしで、シャーロットの体を再び魔術でなぞる。

翳されたオズヴァルトの手が、時々シャーロットの肌を掠《かす》めるのが、くすぐったくて仕方がない。

シャーロットは両手で自分の口元を押さえ、目を瞑ってぷるぷるとそれに耐えた。

しばらくしてようやくそれが終わっても、何故かオズヴァルトの膝に乗せられ続けている。

「？？？　お、オズヴァルトさま……？」

「どうした？」

テーブルには、守護石の入ったケースがいくつも置かれていた。

ほんの一瞬だけシャーロットを膝から下ろしたオズヴァルトが、これらの箱を並べたあと、再びシャーロットを抱え直して今に至る。

「先ほどから、この状況は一体……わああ！」

「君の守護石を選んでいる」

オズヴァルトは、守護石を使った耳飾りをひとつ手に取ると、それをシャーロットの耳元に合わせた。

「聖都中の商人に声を掛けて、この宿に持って来させたんだ。君が出掛けるのに間に合わなかったのは、痛恨の極みだな」

「守護石はもう頂いていますが⁉」

「君が今日付けて行った数々は、あくまで急拵《きゅうごしら》えのものだ。一級品とはいえまだ足りない」

「ひん……っ‼」

オズヴァルトの手が、シャーロットの耳に触れる。

彼はシャーロットがこれまで付けていた守護石の耳飾りをやさしく外すと、先ほど手にしたものに付け替えた。そして目を細め、ふむと呟く。

「いま合わせた七箱分、すべて買うか……」

「平均お給料の何年分ですか⁉」

至って真剣なその言葉に、シャーロットは青褪《あおざ》めた。このままでは大好きなオズヴァルトが、シャーロットに大金を注《つ》ぎ込んでしまう。

「これはあれですね⁉　ハイデマリー先生が仰っていました‼　ペットのフェンリルさんたちには際限なく、新しい首輪や玩具《おもちゃ》を買ってしまうと……‼　正気に戻ってくださいませ、オズヴァルトさま‼」

「もちろんペットも大切な存在だろうが、君は俺の妻だ。妻を着飾らせるのは、夫の特権だと思うが？」

「うわあああん、オズヴァルトさまが格好良い……っ‼」

シャーロットは再び両手で顔を覆い、しくしくと泣いた。

至近距離の下から見上げるオズヴァルトは、顎《あご》の輪郭やごつごつした喉仏、首筋のラインがあまりに美しい。

このまま見惚れたいのを堪えつつ、シャーロットは、守護石選びを進めるオズヴァルトを他所《よそ》に考えた。

（オズヴァルトさまに、私のことで大金を使っていただく訳には参りません！　とはいえ、いざというときに自分を守る手段は確保しておかないと、それはそれでオズヴァルトさまに心配をお掛けしてしまいます……）

シャーロットの神力が封じられた状況でさえなければ、自分で一級品を作ることは出来るのだ。ただしその場合も、シャーロットの神力に耐え得るような宝石を媒介にする必要がある。

（なんとかして考えなくては。ただでさえ私に記憶が無い所為で、オズヴァルトさまにたくさんご迷惑を……）

「シャーロット」

「ふぁい!!」

せっかく思考を逸らそうとしていたのに、至近距離で名前を呼ばれては仕方がない。観念して彼を見上げたシャーロットは、ぱちりと瞬きをした。

「オズヴァルトさま……？」

オズヴァルトは、静かにシャーロットを見下ろしている。

「何度だって繰り返すぞ」

その声がとても穏やかに、それでいてはっきりとこう紡《つむ》いだ。

「……君は、俺の妻だ」

「……っ!!」


心臓がどきりと跳ねる。

「は……はい。存じております、オズヴァルトさま……」

「本当に？」

オズヴァルトは少し目を眇め、シャーロットの顔をますます覗き込んだ。決して意地悪ではない声音が、誠実な響きを持って問い掛けてくる。

「君自身に、実感と自覚はあるのか」

「オズヴァルトさまの妻である、実感と自覚!?」

そんなとんでもないことを尋ねられ、シャーロットはぶんぶんと首を横に振った。

「それはあまりにも、恐れ多いことで……!!」

「――……」

そう言い切った瞬間のオズヴァルトの表情に、シャーロットははっとした。

「申し訳、ございません。オズヴァルトさま」

振り返れば、オズヴァルトがこんな風に少しだけ寂しそうな表情をしたのは、初めてのことではないのだ。

「私の覚悟が足りないことは、重々承知しているのです」

「……シャーロット」

「私にとってのオズヴァルトさまは、存在してくださること自体が奇跡のお方。それなのにお傍に近付けて、お声が聞けて、視線を合わせることが出来る……その事実が、私にとっては呼吸が止まるほどに、幸せで」

シャーロットは、自身の目元に手の甲を押し当てる。

「……多くの方を踏み躙《にじ》ってきた、『悪虐聖女』である私が……」

「…………」

オズヴァルトが、シャーロットに触れようとした手を、ぐっと握り締めた気配がした。

「これ以上の幸せが怖いなんて、オズヴァルトさまに対する不誠実だと分かっているのです。ですが」

これまで伝えられなかったことを、シャーロットは辿々《たどたど》しく口にする。

「恋しいオズヴァルトさまからの愛情に、自らの手で触れることが、どうしても恐れ多く感じます。これは『妻』として間違った感情だと、頭では理解しているにもかかわらず、それでも」

いまの自分が幸せであることを、シャーロットは知っている。

そして、それが過分なものであると理解しているからこそ、心の内側から『受け取ってはいけない』という声が聞こえてきた。

「……大好きなあなたの妻という立場を、愚かにも手放しに喜んでしまうことが、今はとても怖いのです……」

「────……」

かつてのシャーロットの考えに、いまのシャーロットも賛成だ。

「君が自分を責める必要は、なにひとつない」

「……っ」

シャーロットは自分で耳を塞ぎ、やさしい言葉を遮る。

けれども大好きな人の声は、どんなに聞き取りにくくとも、はっきりと感じることが出来てしまった。

「……君が、俺の妻だという実感を持つことが、まだ難しいのであれば」

「……？」

オズヴァルトの手が、シャーロットの頭をゆっくりと撫でる。

金色の髪を梳《す》くように触れてくれながら、彼は言った。

「君の夫が俺であるということを、先に自覚してもらうというのはどうだ？」

「え……」

シャーロットは思わず両耳から手を外し、オズヴァルトを見上げる。

「……それは、別々のお話なのでしょうか？」

「そうだ。君が自分に許すことの出来ないすべてを、俺に対して許してくれればいい」

オズヴァルトは、彼が膝の上に抱えているシャーロットの上半身を僅かに起こし、ますます顔を近付けて言った。

「俺は、君を幸せにしてやりたい」

「！」

その言葉に、シャーロットは目を丸くする。

「君の幸せが、君ではなく俺の望みだと考えれば、少しは容易《たやす》くなるだろう？」

「……私の幸せが、オズヴァルトさまの……？」

シャーロットが動揺したのを見て、オズヴァルトが少しだけ意地悪に笑う。

「俺は君に頼られれば嬉しいし、俺に対しては存分に迷惑を掛けてほしいと考えている。危険な目には遭わせないという前提の上で、どんな些細《ささい》なことに対しても、君のすべてを心配したい」

「そ、そんな訳には参りません……!!」

「こうして君に何かを買って贈る機会は、俺にとっては楽しいものだ。……あー……多少は、浮かれもする」

「〜〜〜っ!?」

終わりの方は何処となく気恥ずかしそうに呟かれて、その可愛らしさに絶句した。オズヴァルトはこほんと咳払《せきばら》いをしたあと、人差し指の背でシャーロットの頬を撫でる。

「俺が本気で言っていると、まだ分かっていない顔をしているな？」

「いえ、ですが、だって……！　それらは私ばかりが幸せで、嬉しくなってしまうことで」

「逆の立場で考えてくれ。たとえば俺はこれから先、君だけには頼ることもあるだろう」

「！」

なかなか想像出来ないことだ。けれどもそんな場面を考えるだけで、シャーロットの左胸はきゅうっと疼いた。

「同じ寝台で寝ようと我《わ》が儘《まま》も言う。君が怪我をしたかもしれないと考えれば、こうやって傍から離せずに、情けなく無様な姿だって見せるはずだ」

「……オズヴァルトさまは、いつでも格好良いです……」

「シャーロット」

ふっと笑ったオズヴァルトが、シャーロットの頭を撫でながら尋ねてきた。

「俺は君に、迷惑を掛けてもいいか？」

「……っ」

こんなにもやさしく、愛おしいものを見るまなざしを、受け取るなんて恐れ多いのだ。

そのことをはっきり理解していても、シャーロットは抗《あらが》えなかった。

オズヴァルトの立てた策略に、背《そむ》けるはずもない。

「……たくさん、掛けて下さい」

「たくさん？」

「はい。……嬉しい、です……」

「その喜びを君だけのものにしておくのは、少々ずるいな」

ずるいのはきっと、シャーロットではなくオズヴァルトの方だ。

それなのに、反論する余裕すら無かった。

「俺の妻だという実感を持つのは、焦《あせ》らずにゆっくりで構わないから」

身を屈めたオズヴァルトが、シャーロットの耳元でそっと囁く。

「……俺のことを早く、君の『夫』にしてくれ」

「……っ!!」

先ほどのオズヴァルトが、シャーロットに言った通りだ。

オズヴァルトの妻になれる幸福は、シャーロットにとって過分なものだった。それを受け取る覚悟が出来ず、現実味のない夢の中にいるような出来事だ。

そんな願いが叶《かな》って良いはずもなく、願うことすら出来ないと、記憶を失う以前から自制してきたのかもしれない。

けれど、シャーロットの夫にしてほしいというオズヴァルトの望みは、こんなにも叶えたいと思ってしまう。

(オズヴァルトさまのためになら、なんだって……)

シャーロットの大好きな人は、そんなシャーロットの考えすら、全部分かっていてくれるのだ。

「この度は、ご心配をお掛けしてしまって申し訳ありません。オズヴァルトさま……」

シャーロットの改まった物言いに、オズヴァルトが少しだけ歯痒《はがゆ》そうな表情を作った。

「けれどもお許しいただけるのであれば、このままもう少し、私にもクライドさまを探らせてください」

「シャーロット。君が危険な目に遭うくらいであれば、婚姻の祝福など一度諦めても構わない」

「いいえ！　祝福の拒絶やクライドさまの存在は、継承権争いの一環だという可能性もあるのです。本当にお兄さまのどなたかによるものであれば、いずれはオズヴァルトさまの不利益や危険に繋《つな》がりかねないこと」

先ほどのオズヴァルトが抱いていた感情が、立場を変えればよく分かる。

「私は、悪虐聖女ですが……！」

シャーロットだって、心から強く願っていた。

「愛する『旦那さま』の、お役に立ちたいです……」

「…………！」

『シャーロットの夫にして欲しい』という、そんな懇願への答えを告げた。

シャーロットにとってはどうしても、恐れ多さが拭えない宣言ではある。けれど、僅かに目を見開いたオズヴァルトが、膝に乗せたシャーロットのことを強く抱き締めた。

「お、オズヴァルトさま！」

「シャーロット」

至近距離で名前を呼ばれ、心臓が壊れてしまいそうだ。

オズヴァルトは、強い感情を理性で抑えるかのような、掠《かす》れた声でこう尋ねてくる。

「――――君も、俺が好きか？」

「……っ!!」

前にもよく似た聞き方で、彼が好きかと尋ねられた。

けれどもいまの問い掛けは、数か月前とは少し違う。オズヴァルトからの想いを感じて、シャーロットは少し震えながら頷いた。

「……は、い……」

するとオズヴァルトは、シャーロットを見守るまなざしを一層柔らかなものにする。

「あのときよりも?」

「一秒ごとに大好きが増しているので、もちろんです……!!」

一生懸命に勇気を出して、オズヴァルトの上着を少しだけ握った。

「……そうか」

(オズヴァルトさまの、嬉しそうなお顔……)

そしてオズヴァルトは、シャーロットの耳にくちびるを当てて、触れさせたままふっと笑う。

「俺の方が、君のことを好きだという自信があるが」

「!?　わ、私の方がたくさんオズヴァルトさまのことをお慕いしております、絶対に!!」

くすぐったさに耐えながらも、そこだけは強く反論した。けれどもオズヴァルトの方は、自論を譲る気はないようだ。

「君のそれはまだ、俺の言っている好意とは別物だろう。……もっとも、それを少しずつ変えていくのは、君の『旦那さま』である俺の役目か」

「あう……」

オズヴァルトが怒っている様子はない。妻としてまったく覚悟の足りていないシャーロットに対し、丁寧《ていねい》に労《いたわ》りを注いでくれる。

「そ……そんなにも多岐に、わたるのですか？　旦那さまのお役目……」

「悪くない役割だろう？　更にはその分、特権もある」

それが何か分からずに首を傾げると、オズヴァルトは、シャーロットの火照《ほて》った頬に触れながら笑った。

「君のそんな顔を見られるのは、夫である俺だけの特権だ」

「……オズヴァルトさま」

シャーロットが言葉を重ねる前に、再び強く抱き締められる。

「誰にも渡さない」

「……っ！」

続いて紡がれた小さな声は、シャーロットに向けるものとはまったく異質な、強い感情が込められていた。

「……君の夫を名乗る者がいるのであれば、そいつにも理解させるまでだ」

「オズ……ひゃあ！」

オズヴァルトが体の位置を変えた。

まるでシャーロットを長椅子へ押し倒すかのような体勢となり、そのまま覆い被《かぶ》さってくる。彼の大きな手に手首を捕まえられて、シャーロットはこくりと喉を鳴らした。

緊張を汲《く》み取ってくれたオズヴァルトが、シャーロットを慈しむように目を眇める。

そうして覚悟していた通り、お互いのくちびるが重なった。

「ん……っ」

いつもの通り、舌同士が触れない口付けだ。

シャーロットの神力を封印した陣は、お互いの舌に刻印されている。

そのため舌を触れ合わせる口付けは、神力の封印を解除するときか、再封印するときだけに限られていた。

ただ重ねるだけの柔らかなキスは、数秒ほどで離される。

それでもまだ吐息が触れる、ごくごく近い距離のままで、オズヴァルトからあやすように尋ねられた。

「……前よりも、少しだけキスは慣れたか？」

「ががが、頑張っています……！」

いっぱいいっぱいのシャーロットは、泣きそうな顔になっているだろう。

けれどもオズヴァルトは、妻として不出来なシャーロットを、こうしてめいっぱい甘やかしてくれる。

「――良い子だ」

「オズヴァルト、さま……っ」

もう一度口付けを落とされそうになった、そのときだった。

「…………光っている」

「へ？」

オズヴァルトの唐突な発言に、シャーロットはその視線を追い掛けた。

「ほあ……」

見れば確かに部屋の隅では、シャーロットの鞄《かばん》が光っている。

正しくは、中で何かが強烈に輝き、隙間からその光が漏れているのだった。

「はわあああああっ!!　ににに、日記帳の光!!」

シャーロットが長椅子から跳ね起きる一瞬前に、オズヴァルトがもう鞄の元に向かっている。

「シャーロット。君の鞄を開けてくれるか？」

「は、はいオズヴァルトさま！　あの光は間違いなく、私の日記帳からのものです!!」

「ああ。これで以前の君が残した情報が、何か拾える可能性がある！」

（お仕事モードのオズヴァルトさまです!!　ああああっ、なんと凛々《りり》しいお姿でしょう……!!）

大急ぎでオズヴァルトを追いつつ、ばくばくと跳ねる心臓を誤魔化《ごまか》す。先ほどまでの雰囲気が払拭される中、シャーロットは鞄を開けた。

紳士であるオズヴァルトは、中を見ないよう気を付けてくれながらも傍に膝をついた。

そしてふたりはページを捲《めく》り、記憶を失う前のシャーロットが書き記したであろうページを覗き込む。

「……これは……」


薄暗い部屋の中、クライドが向き合った鏡の向こうからは、怪訝《けげん》そうな声が聞こえてきた。

『……いま、なんと言った？』

依頼主はどうやら、クライドの発言が理解出来なかったらしい。

「失礼、聞き取りにくかったようで申し訳ありません。なにしろ現在俺の身には、追跡魔術が仕掛けられておりまして。それが恐らく、通信魔術の妨害をしているのでしょう」

『………………』

「改めて申し上げます。いただく予定だった報酬について、金ではなく、どうか別の物でお支払いいただけませんか？」

クライドの足元では、先ほど酒場で襲撃してきた男が、苦しそうに身を丸めながら呻《うめ》いている。

クライドはその男を足蹴《あしげ》にしつつ、鏡に向かって微笑んだ。

「聖女シャーロットの身柄を、俺にお譲りいただきたいのです」

四章　旦那さまとの待ち合わせです！（とはいえ、夢の中ですが！）

オズヴァルトにとっては正直なところ、兄たちの誰かが自分を殺そうとするのは、さほど珍しいことではなかった。

一番上の兄は無関心で、オズヴァルトに見向きもしない。

三番目の兄エミールも中立を表明し、オズヴァルトを害する側に回らない代わりに、あまり手助けもしない。

そして残った三人の兄は、幼い頃からオズヴァルトを疎《うと》み、言葉や力で何度も痛め付けてきた。

『ははは っ！』

『……っ』

前髪を強く掴《つか》まれて、冷たい水から顔を上げる。ここは王城の中庭で、今はもう取り壊された噴水の傍《そば》だった。

『どうした、ほら、苦しいか？』

ようやく呼吸が出来るようになったオズヴァルトは、浅い呼吸を繰り返しながら理解する。これは現実の世界ではなく、単なる記憶の再生にすぎないのだ。

（子供の頃の夢を、見ているな）

兄たちの笑う声を聞きながら、そう実感した。

『さすがはニクラス兄上だ！　水魔術をもう使いこなすなんてね』

『当然だろ？　しかし的が抵抗する所為《せい》で、練習の効率が悪くて困る』

二番目の兄がそう言って、オズヴァルトの顔を覗《のぞ》き込む。どうやらこれは、実際にあった出来事を元にした夢のようだ。

『化け物はやっぱり役立たずらしい。なあ？　オズヴァルト』

『…………』

オズヴァルトが無言で兄を見据えると、兄は忌々《いまいま》しそうに眉を顰《ひそ》めた。

『気持ち悪いんだよ。半分は卑《いや》しい血の癖に、魔力ばかり高くて』

『…………』

『お前なんか俺たちの弟じゃない。現に父上はお前のことを、王子だって明かしてこの城に置いている訳じゃないんだ！　だから……』

『っ！』

蹴り飛ばされ、先ほどまで顔を浸《つ》けられていた噴水の中に落ちる。

『こうしてお前で遊んでいても、誰も助けに来ないんだよ……！』

『げほっ、こほ……っ!!』

それらはすべて、兄たちの言う通りだ。

オズヴァルトが強く抵抗し、反撃すれば、更にひどい仕打ちが待っている。

王子である彼らと、存在を隠匿された身の上であるオズヴァルトでは、存在の価値がまったく違っていた。

『お前はいらない人間なんだ。どれだけ優れていても、王になんかなれない』

『っ、は……』

『神力が高くても、いらないものだから、誰にも守ってもらえないんだ。そしていずれ何処《どこ》かに売り飛ばされるんだよ。そう――』

兄のひとりが笑いながら、とある名前を口にする。

『たとえば、シャーロットみたいに』

『――……』

思えばあのときオズヴァルトはまだ、シャーロットという少女のことを知らなかった。

そのため実際にこの出来事があったときは、黙って兄たちの暴力を受け、無言で耐え続けていたはずだ。

『兄上。こいつ、シャーロットのことなんて知らないよ。俺たち以外の誰とも喋《しゃべ》れないんだもの』

『ああそうか！　教えてやろうオズヴァルト、シャーロットは父上が勝ち取った戦利品なんだ！』

兄がシャーロットを語る言葉が、オズヴァルトの鼓膜をびりびりと震わせる。

『聖女の力を持ってるなんて、普通は貴重な存在だろう？　なのに敵国のやつら、物みたいに喜んで差し出したそうだぞ』

『………』

『どうせそいつも、お前のように汚い血が混ざっているんだろうな！　どれだけ力を持っていても、いらないものはいらないんだ。覚えておけ、お前たちみたいに不要なものを助けに来るやつなんか、何処にも……ぐっ!?』

『!!』

オズヴァルトの拳による一撃で、兄のニクラスが吹き飛んだ。

残るふたりの兄たちは、絶句してそちらを振り返る。拳がひどく痛んだが、そんなことはまったく気にも掛からない。

『お、オズヴァルト……？』

(ここは、あくまで夢の中だ)

現実ではなく、何の意味もない。

それでも幼い子供の姿をしたオズヴァルトは、噴水の中からゆっくりと一歩を踏み出す。

『お前、自分が誰に何をしているのか分かっているのか!?』

『………』

再び拳を振り上げようとしたそのとき、雷鳴の一撃が体に走った。

『く、あ……！』

兄による雷魔術を真っ向から喰《く》らい、くずおれる。オズヴァルトの魔力は父に封じられ、魔術を使うことは出来ない。

『お、驚かせるな……!!　汚い血の混じった分際で、兄上になんてことを!!』

『っ、は……』

『手加減してやさしくしてやっていたのに。もう一度、しっかり思い知らせなくちゃいけないみたいだな！』

ふたりの兄がオズヴァルトに詰め寄り、再び魔術を放とうとする。

『魔力暴走を起こして、自分の母親を殺した化け物のくせに。お前など――……』

『…………っ』

強く兄を睨《にら》み付けながらも、覚悟を決めたそのときだった。

「オズヴァルトさま――っ!!」

夢の中で、誰よりも大きな声がオズヴァルトを呼ぶ。

「！」

その瞬間に兄たちの幻は、まるで霧のように消え去った。どんっと走った衝撃は、魔術の雷によるものではない。

「……シャーロット」

子供姿のオズヴァルトの体には、同じく小さな子供の姿をした、金髪の女の子がしがみついている。

「これは夢ですか、まぼろしですか!?　幼いオズヴァルトさまが、ほんとうに、げんじつに!?」

「…………」

「あわわわわあ……!!　心臓の、音が！　お小さいのに、ちからづよく……!!」

シャーロットはすべてを吹き飛ばす眩《まばゆ》さで、水色の瞳をきらきらと輝かせた。

「オズヴァルトさまが生きていて下さることを実感する鼓動が聞けて、幸せです……っ!!」

(君は、本当に)

満面の笑みを浮かべる彼女の姿に、オズヴァルトは深く息を吐き出した。

兄たちの姿が夢から消えたのは、シャーロットがここに現れたからだ。

(俺がただ生きていることを、いつだって心から喜んでくれるんだな)

それがどれほどの救いであるか、シャーロット当人だけが知らない。

「シャーロット」

幼い姿をした彼女を見下ろして、オズヴァルトは告げる。

「これは夢であり幻だ。俺たちは、現実とは違う世界にいる」

「はっ!!　そうでした!!」

そしてシャーロットはオズヴァルトから離れると、大人《おとな》の姿と変わらない元気の良い振る舞いで、誇らしそうに言った。

「『夢の中で待ち合わせ大作戦』!!　大成功ですね、オズヴァルトさま!!」

「……そうだな」

「ひゃああああっ!!　夢の中限定の、幼いオズヴァルトさまの笑顔……っ!!」

興奮を叫ぶシャーロットの声は、いつもより高い。幼い子供らしく舌足らずで、ますます夢なのだと実感させられる。

「さて……」

オズヴァルトたちが『夢の中で待ち合わせる』という策を取ったのは、この夢を見る前に開いた、シャーロットの日記帳がきっかけだ。


『……これは……』

光を放つ日記帳を開いたその瞬間、オズヴァルトたちの前で発動したのは、神力を帯びた魔術だった。

(記憶を失う前の、シャーロットのものか……!)

瞬時に察したオズヴァルトは、シャーロットを後ろに庇《かば》いながら、光り輝く魔法陣の前に手を翳《かざ》す。

(映像魔術……! だが、それだけじゃない。記憶を司《つかさど》る構築式が刻まれている、高度な複合魔術だ……!)

『オズヴァルトさま!』

案じてくれるシャーロットの声を受け、いっそう深く集中した。

凄《すさ》まじい速度で組み上がってゆく魔術をひとつずつ捉え、それを凍結させるための魔法陣を、同じだけの速さで構築する。

時間にすれば数秒だろうが、それ以上に長く感じられた。ようやくシャーロットの魔術を辿《たど》り終わった頃、オズヴァルトの首筋には汗が伝っている。

『は……』

浅く息を吐き出して、空中に固定した魔法陣を見据えた。

『オズヴァルトさま……い、いまのは、まさか』

『ああ。以前の君が残した魔術を、俺の魔術で保持した』

シャーロットの手帳には、記憶がなくなる以前に仕掛けられた魔術が施されているらしい。

『即興だったが、どうにか上手《うま》くいったな』

『オズ……ッ！　お、オズ、オズヴァルトさまあああああああっ!!　格好良いです……!!　い、息が、息が出来なくなるかと思いました……っ!!』

『頼むから慎重に吸って吐いてくれ、絶対に死ぬんじゃない。君が深呼吸をしているあいだに、この魔術を分析させてもらうぞ』

オズヴァルトの魔術で絡《から》め取ったその魔術は、素直な構築式で作り上げられている。記憶を失う前であろうと、やはりシャーロットらしい魔法陣だった。

『すーっ、オズヴァルトさま、はーっ、どうですか……!?』

『やはり、記憶に作用する映像の魔術で間違いないようだ。君の脳裏にだけ現れる、そんな作りになっているようだが……』

『では、オズヴァルトさまによる保持を解除していただいて、私がその魔術に身を任せるべきですね！　そうして見た光景を、オズヴァルトさまにお伝えしま、すはーっ』

『――いや』

『す?』

吸い掛けていた息を止め、シャーロットが首を傾《かし》げる。『いいから吸え』と促しつつ、オズヴァルトは彼女に告げた。

『記憶に関する記述の中に、映像を作り上げる魔術式が多く含まれている。単純に記憶を呼び起こすものであれば、ここまでする必要はないはずだ』

『……本当です』

シャーロットはオズヴァルトの隣に立ち、宙に浮かぶ魔法陣をじっと見つめた。

『以前の私ったら。そのことが見破られないよう、絶妙に構築式の線を重ねていますね? とはいえこうしている目的は、記憶の再現に見せ掛けて、捏造《ねつぞう》した映像を見せること……』

(……自身に関する記憶を失っていても、普段の振る舞いがあの雰囲気であっても、やはりシャーロットは聡明《そうめい》だな)

妻のそんな一面に、何故かオズヴァルトが誇らしくなってしまう。オズヴァルトは手を伸ばし、シャーロットの頭をよしよしと撫《な》でた。

『お、オズヴァルトさま!?』

『記憶魔術と映像魔術を、この魔法陣の段階で分解することは難しそうだ。かといって捏造されたものであったり、君の心を傷付ける映像である可能性が高い以上、君だけにこの映像を見せたくはない。

……俺も付き合う』

『オズヴァルトさまを、巻き込む訳には……うっ』

オズヴァルトがじっとシャーロットを見つめると、言いたいことは察してくれたようだ。

『う、ううう……』

『シャーロット』

『そ、そのう……』

シャーロットはぎゅっと目を瞑《つむ》ったあと、意を決したように口にした。

『わ……私と、一緒に、見てください……！　だっ、だだだ、だん、だん……旦那さま!!』

『っ、はは』

その躊躇《ためら》いが可笑《おか》しくて、オズヴァルトはもう一度シャーロットの頭を撫でる。

『言い淀《よど》みすぎだ。……だが、そう言ってくれて嬉《うれ》しいよ』

『〜〜〜っ!!』

『とはいえこの魔術は、君の頭の中だけに映像が展開されるような仕組みになっている。方法を考える必要があるが……』

『でっ、でで、ではオズヴァルトさま……！』

シャーロットはがちがちに固まりながらも、懸命に言葉を絞り出しながら挙手をした。

『夢を利用するのはどうでしょう……！　私の頭に流れた映像を、一緒にオズヴァルトさまもご覧いただけるのではないかと!!』

『夢？』

『夢の中は、現実より更に魔術の影響を受けやすい場所です。治癒《ちゆ》魔術には、心に深い傷を負った患者を癒《いや》すため、夢の中に働き掛けるものがありまして……』

それについてはオズヴァルトも知っている。

オズヴァルト自身はその治療を断ったが、治癒魔術師たちが戦場で死の危険に晒《さら》され続けた兵に向けて、そんな取り組みを行なっていた。

『ハイデマリー先生に教わって、ちょっとずつ練習中だったのです！　……オズヴァルトさまが時々、あまり眠れていない日がおありの、ようだったので……』

『……シャーロット』

『私がオズヴァルトさまの夢の中に、走ってお邪魔しに行きます！　ですのでどうか私が着くまで、待っていていただけませんか？』

『…………』

『きゃあ!!』

シャーロットの言葉に、オズヴァルトは思わず彼女を抱き締めていた。

本当は、毎日何度でもこうしたい衝動に駆られている。しかし、オズヴァルトの接触に動揺するシャーロットのことを思うと、堪《こら》えるべきだとも分かっているのだ。

だというのに、いまは抑えが効かなかった。

『待っている。……一緒に眠ろう』

『や、ややややや、やっぱり無理かもしれませんん……!!』

こうしてオズヴァルトとシャーロットは、『夢の中での待ち合わせ』を決行したのである。

（あああああ、なんと残念なのでしょう……！）

オズヴァルトと無事に出会えた夢の中で、シャーロットは残念さにふるふると震えていた。

「うう。ううう、ううう……！」

「そんなに嘆くな、シャーロット」

目の前に立っているオズヴァルトが、シャーロットを呆《あき》れたように見下ろしている。

「俺たちはこうして無事、夢の中で会うことが出来たんだ。これで目的は果たせる、十分だろう？」

「で、ですが！　千載一遇《せんざいいちぐう》の機会でしたのに、逃してしまいました！」

シャーロットは両手で顔を覆い、わっと嘆く。

「まさかあの幼い姿のオズヴァルトさまが、一瞬にして大人に戻《もど》ってしまうだなんて……っ‼」

「そ、そんなに泣くほどか……？」

こちらを見下ろして戸惑うオズヴァルトは、シャーロットのよく知る二十歳の姿だ。

百八十一センチという長身も、魔術師でありながら鍛えられた体格も、広い背中も美しい。シャーロットにとっては直視出来ないほどの芸術品でもあり、もちろん見惚《みと》れてやまないほどだ。

けれどもシャーロットの心残りは、先ほどこの夢で出会ったときの、小さな子供の姿をしたオズヴァルトだった。

「幼少のオズヴァルトさま。……たくさんひとりで頑張っていらした、小さくてお可愛《かわい》らしい男の子……」

「…………」

男の子と形容するシャーロットに、オズヴァルトは少々むず痒《がゆ》そうな渋面《じゅうめん》を向ける。

「私はそんな幼いオズヴァルトさまを抱っこして、たくさん撫でて差し上げるのが夢だったのです。あ、いえ、この場合の夢とはいま見ている夢のことではなく！　ややこしいですね!?」

「あー……シャーロット」

「本当に小さな頃の、一番辛《つら》かったオズヴァルトさまを、現実的にお守りすることは出来ませんが……！　うう、せめてお小さい頃の外見をなさっているときに、頭をいい子いい子したかったのに…………!!」

「その気持ちは有《あ》り難《がた》いが」

こほんと咳払《せきばら》いをしたオズヴァルトが、同じく大人の姿に戻っているシャーロットの頭を撫でる。

「俺はもう、君に十分救われている」

「……ほえ？」

「それよりも、この夢に来た目的を果たそう」

オズヴァルトが手のひらを上に向けると、その上に魔法陣が展開された。

それは間違いなく、先ほどシャーロットの日記帳から現れた魔術を封印したものだ。

「君の夢と俺の夢が、魔術によって混ざっている。この状態で、君にだけ見える『記憶の映像』を解放するぞ」

「……はい！」

シャーロットは気合いを入れ、ふんすと胸を張った。

「以前の私が残した魔術。いまこそ立ち向かってみせます！」

「ふ。……その意気だ」

「オズヴァルトさま!! いま、いまそのような微笑《ほほえ》みをお見せになるのはお許し下さい!! オズヴァルトさまのお美しさで瀕死になってしまいます!!」

「忙しいな君は!? 分かった、てきぱき行くぞ！」

オズヴァルトが手を高く上げ、魔法陣を宙に放つ。

（んん……っ）

シャーロットの頭の中に、ちかちか光が瞬《またた》いた。

何度も経験した感覚だ。星の粒のような点滅が広がり、やがて辺りの夢が真っ白に染まる。

「シャーロット！ 大丈夫か？」

「は、はい、オズヴァルトさま。見ていてください、きっともうすぐ……」

オズヴァルトに支えてもらいながら、別の意味で息が止まりそうになる。

けれどもぐっと前を見据え、白い空間に浮かび上がった映像に対峙《たいじ》した。

「……成功の、ようだな」

目の前には、豪奢《ごうしゃ》な椅子に腰を下ろし、ゆったりと脚を組んだ『シャーロット』が存在している。

『――盾になるものが必要なのです』

鏡でよく見るその人物は、あちこち露出の多いドレスを纏《まと》い、ひどく退屈そうに目を眇《すが》めた。

（い……）

シャーロットは思わず口元を押さえ、そのままぱちぱちと瞬《まばた》きをする。

（以前の私ったら相変わらず、すっごくお胸と太ももの出たドレスを着ていますね!!　今回はおへそも出て……あああ、オズヴァルトさまが全力で目を逸《そ》らして下さっています……!!　ごめんなさいオズヴァルトさま、なんと紳士的なお方なのでしょう……！）

心の中で大騒ぎするも、声を出しては映像の邪魔になる。シャーロットは自分に集中を言い聞かせ、改めて向き合った。

『当然ながら、美しい男を所望《しょもう》いたしますわ』

（私は、誰かとお喋りを……？）

映像には『シャーロット』ひとりしか映っていない。どうやら彼女は、向かい合った何者かに要求をしているようだ。

『私に忠実で、頭が良くて、邪魔にならない……そんな盾を用意して、守っていただきませんと』

映像の中の『シャーロット』は、自分だとは思えない色香を纏った表情で、ゆっくりと目を細めて呟《つぶや》いた。

『あの、オズヴァルトとの婚姻から』

（〜〜〜っ!?）

とんでもなく恐れ多い発言に、シャーロットは慌《あわ》てて隣の彼を見上げた。

「お、オズヴァルトさま、違うのです!! きっと違うのです、これは……」

「…………分かっている」

「うわあああんっ、申し訳ございませんんん!!」

「待て！ 本当に分かっているから落ち着け、夢の中の振動が大変なことになっている!!」

ぶるぶると震えるシャーロットの前で、映像が大きな変化を見せる。

『ね？ ……ニクラス殿下』

「!!」

そうして姿を現したのは、銀色の髪に赤い瞳を持つ、美しい男性だった。

大きな椅子に身を投げ出すように座った男性は、何処か挑発的な笑みを浮かべている。何処となく誰かと似た面差《おもざ》しや、その色彩には覚えがあった。

「オズヴァルトさま。あのお方」

「……ニクラス殿下は」

オズヴァルトは目を眇め、警戒したまなざしを映像に注ぐ。

「この国の、第二王子だ」

（オズヴァルトさまの、二番目のお兄さま……）

シャーロットはこくりと喉を鳴らした。

目の前の映像では、艶《つや》やかで長い銀糸の髪を持つ第二王子ニクラスが、『シャーロット』にこう告げる。

『はっ！　贅沢《ぜいたく》を言うな。お前を恐れない男を探すだけでも、随分と骨が折れる仕事なのだぞ？』

嘲笑《ちょうしょう》が混じったその笑みは、侮辱の色が混じっていた。

目の前にいる女の相手をしているように見せ掛けて、実際は対等になど思っていない、軽薄な感情が透けている。

『あら。これは何も、私だけの我《わ》が儘《まま》ではないはずでしょう？』

映像の中のシャーロットはくすりと笑った。

『私がオズヴァルトと結婚できなければ、あなたたちにとっても都合が良いはずです』

「……薄々、気が付いていてしまいました。オズヴァルトさま」

オズヴァルトが眉根を寄せている。

シャーロットも、色々なことが腑《ふ》に落ちる感覚の中で、恐る恐る口にした。

「王位継承権を求めるお兄さまたちが、オズヴァルトさまと私の婚姻を、妨害しようとなさった場合。恐らく、以前の私は……」

『ねえ、ニクラス殿下。どうか、用意して下さいませんか？』

映像の中の『シャーロット』は、立ち上がって王子ニクラスの顔を覗き込んだ。

『――私と契約結婚を結ぶ、そんな都合の良い男を』

（やっぱり……）

映像の中の王子は、口元を歪《ゆが》めるように笑った。

「私にとってのオズヴァルトさまは、いまも昔もかけがえのないお方です」

「……シャーロット」

「悪虐聖女である私がオズヴァルトさまと結婚するなど、許されないこと。──『私』はそう考えたからこそ、国王陛下によって掛けられた従属の魔術から逃れるために、記憶を封じたはず」

奴隷としての契約魔術は、術者の命令から背《そむ》けなくなる魔術だ。

シャーロットの魂には、その魔術が施されている。そのために、この国の王族からの命令に、絶対服従することを定められていた。

「オズヴァルトさまとの婚姻を命じられても、私には逃れる術《すべ》がありません。以前の私は、魂に施された契約魔術から逃れるために、魂と密接に絡み合う記憶を手放すことで命令から逃れようとした……けれど、もうひとつ対策を講じるつもりだったのではないでしょうか？」

「……」

「オズヴァルトさま以外の男性と、事前に婚姻の祝福を結ぶこと。お兄さまたちのそんな計画に目を付けて、利用したのだとしたら……」

クライドの存在は、その考えとは矛盾しない。

「クライドさまは、ニクラス殿下が用意なさった『結婚相手』で……記憶を失う以前の私は、望んで、クライドさまとの婚姻を……」

「シャーロット」

「！」

オズヴァルトの声が、はっきりとシャーロットの言葉を遮る。

「君の考察には、大切な前提条件が抜けている」

「前提条件、ですか？」

「覚えているだろう？」

オズヴァルトは身を屈《かが》め、シャーロットを覗き込むようにして目を眇めた。

「俺が一体何のために、君と共にこの夢の中にいるのかを」

「！」

その瞬間、鏡が割れるような音が響くと共に、目の前の映像に亀裂が走った。

広がっていた光景が粉々に砕け、大きな破片が辺りに散る。その破片に映し出されたのは、銀の長い髪を耳に掛けた王子ニクラスと、『シャーロット』の姿だ。

「映像が……」

破片の中の光景が、ゆっくりと滲《にじ》むように変わってゆく。

「先ほどと、少しだけ違うものに変化しました!!」

「——やはり、偽造された記憶の映像を見せられていたな」

シャーロットが以前見せられていたのも、記憶を失う前の自分によって偽造された光景だったのだ。

ここにオズヴァルトが居てくれなければ、シャーロットは今回も、以前の『シャーロット』が意図的に見せようとした光景しか得ることは出来なかっただろう。

「ふわあああ、すごいです、すごすぎます！　さすがはオズヴァルトさま……!!　偽物を見抜く天才でしょうか⁉　いいえ、悪い夢を砕く天才なのかもしれません‼」

「相変わらず大袈裟《おおげさ》だな。……悪い夢を砕く天才は、君だと思うが」

「？？？」

心当たりがなくて首を傾げるものの、じっくり聞いてみる時間は無さそうだ。

硝子《ガラス》の破片に映り込んだ映像は、偽造されたものよりも却《かえ》って小さく不鮮明で、目を凝らさなければ見逃してしまいそうなものでもあった。

映像の中のシャーロットが、ゆっくりと言葉を発する。

『――――殿下』

この時点で、これまでの映像とは大きな違いがあった。

ひとつはまず、シャーロットが床に跪《ひざまず》いている点だ。

『どうか、私の願いを聞き届けてはいただけませんか？』

一方で王子ニクラスは、変わらずに椅子へと座している。けれどもその居住まいは、これまでと異なるものだった。

その長い銀髪の一房が、頬に沿うような形で優雅に流れている。

彼の目は鋭く、深い赤色の瞳をしており、その双眸《そうぼう》からは先ほどよりも一層強い気位が伝わってきた。

纏った白色の軍服は、その襟元に煌《きら》びやかな金の装飾が施されている。差し色のように施された赤い刺繍《ししゅう》は瞳と同じ色合いをしており、彼が間違いなくこの国の王族であることを象徴していた。

『……シャーロットよ』

（先ほどまでと、ものすごく雰囲気が違います……！）

ニクラスの振る舞いまでも、シャーロットが偽造していたのだろうか。

重厚な響きを帯びた声が、鼓膜へ刻み付けるかのように紡《つむ》がれる。

『俺が、貴様の望みを叶《かな》えてやるとでも？』

『この度の国王陛下のお言葉については、あなたさまといえども、今後のための対策を講じる必要がおありのはず』

跪いた姿勢の『シャーロット』は、閉じていた双眸を緩やかに開いた。

『――何しろこれは、オズヴァルト閣下に関する出来事なのですから』

（閣下!?）

シャーロットは思わず興奮し、その場でぴょんと跳ねそうになった。けれどもオズヴァルトに押さえられ、文字通り踏み留《とど》まる。

「シャーロット。あまりはしゃぐと、眠りから覚めてしまうかもしれない」

「はっ、はいい……！　申し訳ありません、お……オズヴァルト閣下……！」

「敬称ひとつで、何故そこまで顔を赤らめるんだ……？」

心底不思議そうなオズヴァルトは、そのあとでなんだか眉根を寄せる。

「だが、この違和感。これは……」

「オズヴァルトさま？」

映像の中では引き続き、シャーロットがニクラスに『進言』をしていた。

『どうか私を、どなたか手頃な男性と結婚させていただけませんか？』

『…………』

『私がオズヴァルト閣下との婚姻を結ぶことは、殿下にとって望まぬ事態のはず。それを妨害するためにも、悪いお話ではないと……』

『シャーロット』

ニクラスは、耳にする人間の鼓膜へ刻み込むように、ゆっくりと紡いだ。

『「過ぎた口を利くな」』

『――――っ』

ニクラスがそう命じると、かつてのシャーロットがこくりと言葉を呑《の》む。

彼女の喉元には、淡い光を放つ魔法陣が浮かび上がっていた。

「あれが、契約魔術の陣……」

「…………」

王族の命令にはすべて従わなくてはならないという、シャーロットに課せられた奴隷化の魔術だ。

オズヴァルトがニクラスを静かに睨み付ける。しかし映像の中のシャーロットは、苦しげに眉根を寄せながらも、くちびるには慣れた様子で笑みを浮かべていた。

『生意気を、申し上げたこと、お詫《わ》びいたしますわ。しかしながら殿下……』

『シャーロットよ』

重圧感のあるニクラスの声に、かつてのシャーロットは口を閉ざす。

『父がお前にオズヴァルトとの婚姻を命じた、その理由が知りたいか？』

『――……』

（オズヴァルトさまとの結婚を……！）

思わぬ情報を得られたと気付き、急いでオズヴァルトを見上げた。

「オズヴァルトさま！　ニクラス殿下が仰《おっしゃ》いましたが、王さまから私たちの結婚についてのお話が出たのは……!?」

「……陛下が俺にお命じになったのは、君の神力を封じる数日前だ。いまから遡ること、たったの数か月だな」

「では少なくとも、クライドさまが私に仄《ほの》めかした『二年前に結婚した』というお話は偽りです！」

シャーロットは少し安堵《あんど》して、息を吐く。

「記憶を失う前の私が、オズヴァルトさま以外の男性と婚姻の祝福を授かっているのであれば、ニクラス殿下に『手頃な男性との結婚を』などとお願いする必要はありません」

「……そうだな」

苦々しい顔のオズヴァルトが、複雑そうに肯定した。そして映像の中のニクラスが、かつてのシャーロットに告げる。

『父がお前をオズヴァルトの妻に選んだ、その理由。――お前を狙う国々が、あまりにも増えすぎたのだ』

かつてのシャーロットは、ほんの僅《わず》かに眉根を寄せた。

『分かるか？　戦場で、お前の姿を多くの人間が目にした。お前が俺たちの命ずる前に無断で動き、戦場にいる敵味方すべての重傷者を、一度の祈りで治癒したときも』

『………………』

『いずれ他国は大々的に、お前を奪うための戦を仕掛けてくる。お前の存在そのものが、戦争をする理由となる』

ニクラスが、淡々とした静かな声音でこう続けた。

『お前の所為で戦争が起きる。お前の所為で民が死ぬ。お前の所為で敵が死に、お前の所為で……』

（……私の、所為で……）

映像越しに声を聞いているだけのシャーロットも、左胸が痛いほど締め付けられた。

『オズヴァルトも、再び戦場に出るかもしれないな？』

『――――……』


表情を変えなかったかつての自分を、シャーロットは心から称賛する。

オズヴァルトが手を伸ばし、シャーロットの肩を抱き寄せてくれた。普段なら叫んでいたであろう触れ合いも、いまは無性に安堵してしまう。

（ありがとうございます。オズヴァルトさま……）

映像の声を遮らないよう、まなざしだけでお礼を言った。十分にそれを汲《く》んでくれたオズヴァルトが、頷《うなず》いてシャーロットの頭を撫でてくれる。

『殿下……』

『お前は俺を見誤ったな。シャーロット』

ニクラスは肘《ひじ》掛《か》けに頬杖《ほおづえ》をつき、皮肉めいた笑みを浮かべた。

『王位継承権を持つ俺たち全員が、オズヴァルトを排除したい馬鹿だとでも思っていたか？　王位から遠い下の弟どもは、愚かしくもそのような野望を抱《いだ》いているかもしれないが』

『………』

『俺からしてみれば。お前の夫は、オズヴァルトでなくては意味がない』

映像の中のシャーロットに、ほんの僅かな動揺が見える。自分が必死に平気なふりをしていることを、見ている側のシャーロットは理解していた。

『あの男《オズヴァルト》から妻《シャーロット》を奪うことは出来ないと、そう他国を牽制《けんせい》できる男である必要がある。そして同時に、オズヴァルトの妻がお前以外であっては都合が悪いのだ』

『……都合が悪い、とは？』

『オズヴァルトが貴族家の令嬢と結婚をして力を付ければ、貴族どもの制御が面倒になる。反面、神力を封じられたお前という存在は、オズヴァルトをなにひとつ助けない』

ニクラスは、その赤い色の瞳を眇める。

『父上は、いまはお前たちを秘密裏に結婚をさせるが、いずれはオズヴァルトとお前が夫婦だと大々的に知らしめるおつもりだろう。それが国益のために、最善の流れだ』

（……オズヴァルトさまが先日、私と結婚している事実を公表なさった際に、王室からそれを止められなかったのは……）

最初から、時期を見て公にさせるつもりだったのだ。

『父上の命令通りだ。オズヴァルトの妻になれ、シャーロット』

『……っ』

契約魔術の陣が、再び輝く。

取り繕《つくろ》うことが出来ず、瞳を揺らす自分の姿を見つめ、シャーロットは考えた。目の前の映像が、オズヴァルトによって一度止まる。

「ニクラス殿下は、私とオズヴァルトさまを結婚させたがっているお方なのですね」

シャーロットがオズヴァルトに嫁いだときの力の差を、まったく気に留めていない。それどころか、国のためにはそうするべきだと考えているのだ。

「つまり、私とオズヴァルトさまを引き離したがっていらっしゃるような振る舞いのクライドさまは、ニクラス殿下とは無関係。そしてそのクライドさまが私の夫であることも、恐らくは嘘《うそ》で……」

「…………」

「オズヴァルトさまと婚姻するまで、私は誰の奥さんでも無いようです。――それでは、どうして私は、婚姻の祝福に拒まれるのでしょうか」

オズヴァルトが耳を傾けてくれているのを感じながら、シャーロットは考えていることをそのまま口に出し、整理してゆく。

「それに。クライドさまは結局どのようなお方で、どなたに指示をされた身の上でいらっしゃるのかも……」

ぐるぐると思考が回る中、オズヴァルトがぽつりと呟く。

「やはり、先ほどの違和感を掘り下げるべきであるように思う」

「オズヴァルトさま」

「気になっていたんだ。……君は何故、俺のことを『オズヴァルト』と呼んだのか」

「？？？」

当然のことを尋ねられ、シャーロットは瞬きをした。

「オズヴァルトさまは、オズヴァルトさまです！」

「シャーロット。多くの国では、さほど面識のない男に対して、家名……つまりは姓で呼び掛ける。姓を知っている限りはな」

「！」

思わぬことを教えられて、シャーロットは驚いた。

（そういえば……）

シャーロットに礼儀作法を教えてくれたハイデマリーは、オズヴァルトのことを姓である『ラングハイム』と呼ぶ。

友人である令嬢たちも、オズヴァルトのことは『ラングハイム閣下』だ。

もちろん夜会でも、オズヴァルトのことをオズヴァルトと呼び掛けるのはイグナーツだけで、それ以外の人々は『ラングハイム公爵閣下』と呼んでいた。

「おうちの名前で呼ばれるのは、男の方だけなのですか？」

「そうだ。家を継ぐことが出来る男は家名で呼ばれ、いずれ姓が変わる可能性の高い女性は名で呼ばれる」

「だからハイデマリー先生はハイデマリー先生で、私も皆さまからシャーロットと呼んでいただけるのですね！」

記憶喪失になっているシャーロットにも、生きていくのに必要な情報や、言語などの知識は残っている。

けれども自分のことや国の伝統など、思い出に紐付《ひもづ》く記憶が消えていて、ちぐはぐなのだ。

そんなシャーロットに対し、オズヴァルトはいつも丁寧《ていねい》に教えてくれた。

「記憶を失くした君が目覚めた際、俺に名前を聞いただろう。あのとき俺が姓ではなく名を答えたのは、君が俺の呼び方を決めるために問い掛けたと考えたからだ。まさか、記憶を失くしているとは思わなかったからな」

「な、なるほど……夫婦で名字を呼ぶことは、あんまり無さそうです！」

「だが、それも一瞬は躊躇《ちゅうちょ》した。習慣として、姓を名乗る方が自然になっているためだ」

シャーロットは思い出す。オズヴァルトにしがみつきながら美しい名前を聞いたときの記憶は、すべて鮮明に残っていた。

『お願いします、どうかとにかくお名前だけでも!!』

『っ、オズヴァルト……!』

『オズヴァルトさま!!』

オズヴァルトが少しだけ言い淀んだのは、シャーロットの勢いに呑まれただけではなく、その躊躇いもあったのだろうか。

「記憶を失い、俺の姓に関する知識のない君が、最初に教えた『オズヴァルト』で呼ぶことに違和感は無かった。だが……」

「?」

「覚えているか？　君は最初の夜会で、初めて会わせたイグナーツのことも、最初から姓ではなく名前で呼んでいたんだ」

オズヴァルトのそんな言葉に、シャーロットは目を丸くした。

「イグナーツは当時、君にフルネームを名乗っていたが。君は迷わずあいつの姓ではなく、イグナーツと呼んだな」

「そ、そうだったでしょうか……!!　マナー違反でしたか!?」

「呼ばれた本人が気にしていないのだから、問題は無いさ。何より君はあの場で、悪女として振る舞う必要があった」

シャーロットはほっとしつつ、オズヴァルトの素晴らしさに目を輝かせる。

「細やかに記憶していらっしゃって、オズヴァルトさまはすごいです！　私はオズヴァルトさまのことなら忘れない自信がありますが、あの夜会では緊張していました……！」

「……俺だって、君のことだからよく覚えている」

「へ？」

「イグナーツに懐き、すぐさま名で呼ぶようになった君を見て、あいつに嫉妬《しっと》していたからな」

「⁉」

初めて聞いた思わぬ告白に、シャーロットは驚いて硬直した。オズヴァルトは気恥ずかしいのか、それを誤魔化《ごまか》すように咳払いをした。

「あー……ともかく。シャーロット、君は記憶を失っても、以前の君が身に付けていた習慣はそのまま残っていると話していたな？」

「あ！」

オズヴァルトに確認されて、彼が言わんとしていることに思い当たった。

「先ほどの映像でも、私はオズヴァルトさまのことを、『ラングハイム閣下』ではなく『オズヴァルト閣下』と……」

「この国で、そんな呼び方はしない。君の出身国は極秘とされていて俺も知らないが、恐らく君の故郷には、初対面の相手であろうと姓ではなく名で呼ぶ習慣があるんだ」

シャーロットが思い浮かべたのは、クライドとオズヴァルトが初めて顔を合わせた時の会話だった。

『「私の妻」はこちらの台詞《せりふ》ですよ。オズヴァルト殿』

『シャーロットのことも俺のことも、そのように呼ばせることを許したつもりはないが』

『おっと失敬、ラングハイム殿とお呼びした方が？』

シャーロットはこくりと喉を鳴らす。

「クライドさまは、私と同じ故郷のお方……?」

「恐らくそうだ。そして先ほど映像で殿下も仰っていたように、考えられることは」

シャーロットの脳裏に、ニクラスの紡いだ言葉がよぎった。

『いずれ他国は大々的に、お前を奪うための戦を仕掛けてくる。お前の存在そのものが、戦争をする理由となる』

こくりと喉を鳴らす。

そしてオズヴァルトが、忌々しげに呟くのだ。


「――君の故国が、『聖女』シャーロットを取り戻しに来た」

（……子供の頃の私を、この国に差し出したと言われる国……）


シャーロットはきゅっとくちびるを結ぶ。

オズヴァルトが映像を一瞥《いちべつ》すると、停止していたものが再び動き出した。映像の中のシャーロットは、震える声でニクラスに告げる。

『……どうしても、オズヴァルト閣下の妻になれと、仰るのであれば……』

かつてのシャーロットの喉元で、契約魔術の魔法陣が光を放った。

『私は、最後まで抵抗します。あのお方が私を迎えに来ても、拒み続けます』

その強いまなざしに、ニクラスが僅かに目を眇める。

『……お前はただの一度として、オズヴァルトとの面識は無かったはずだな』

『あなたの弟君たちが、必要以上に遠ざけようとなさってきましたもの』

『ふ。だというのに、それほどオズヴァルトが嫌いか？』

『――――……』

そのときだった。

（あ……）

映像の中の自身を見て、シャーロットは思わず息を呑む。

『――嫌いです』

そう答えたシャーロットの双眸から、透き通った涙が零《こぼ》れたのだ。

『たとえ、遠くからしかお見掛けしたことがなくとも。……お噂《うわさ》でしか人柄を知ることが出来なくとも、私のような悪女がお声を掛けて良いお相手ではないからこそ。……私は、あのお方が、嫌いなのです』

口にした言葉が嘘であることは、誰が聞いたって分かることだ。

オズヴァルトが映像を見据えながら、隣に立ったシャーロットの肩を抱き寄せてくれる。映像の中のシャーロットは、跪いた姿勢のまま俯《うつむ》いた。

『……だい、きらい……』

『――――……』

その肩が震えている様子を、ニクラスは目を眇めて見下ろしている。

『シャーロット。「顔を上げろ」』

『……っ』

その無情な命令によって、契約魔術の陣がまた輝いた。

ぐっと上を向き、無理矢理にニクラスを見上げさせられたシャーロットの双眸からは、いくつもの涙が溢《あふ》れている。

『そう睨むな。……お前のことだ、こうして俺に懇願《こんがん》するしか方法がないというふりをしながら、契約魔術から逃れる手段は考えているのだろう？』

（……？）

ニクラスの言葉を、シャーロットは少々意外に感じた。

（記憶を失うことで、契約魔術の効力を失くし、オズヴァルトさまとの婚姻から逃げ出す作戦……ニクラス殿下は、以前の私が計画していたことをお見通しなのでしょうか？）

『とはいえ無駄だ。お前はどうあっても、逃れられない』

『……』

『しかし、そんなお前を哀れにも思うのでな』

ニクラスは肘掛けに頬杖をつきながら、くっと喉を鳴らした。

『魔術をひとつ、教えてやろう。シャーロット』

『……？』

『立ち上がり、俺の傍に来い』

映像の中のシャーロットが、少しふらつきながらもそれに従った。ニクラスは目の前のシャーロットに手を伸ばすと、契約魔術の陣が浮かび上がったシャーロットの首を掴む。

その瞬間、シャーロットの肩に触れているオズヴァルトの指にも、ほんの僅かに力がこもった。

『目を瞑れ』

シャーロットがゆっくりと目を閉じる。

『これは、お前自身がお前に掛けるべき魔術だ。一度で覚えろ、いいな――……』

それと同時に、映像はゆっくりと消えていった。最後に響いたのは、こんな声だ。


『素晴らしい働きを、期待する』


真っ白な空間に取り残されたのは、シャーロットとオズヴァルトだけだった。

「……終わったか」

（お、オズヴァルトさま……！）

ぎゅっと抱き締められたシャーロットは、オズヴァルトの腕の中で息を止めた。

「君を杜撰《ずさん》に扱ってきたすべての人間を、到底許せそうもない。……気付いてやれなくて、すまなかった」

「ぷはっ!? いっ、いえ!! オズヴァルトさまはむしろ私にとっての救いなのですから、どうかそのように仰らないでください!!」

どうにかそんな風に答えるものの、心臓がものすごい音を立てている。先ほどまでの映像を思い出したシャーロットは、勇気を出して手を伸ばした。

(……えい……っ)

「！」

オズヴァルトのことを、ぎゅうっと強く抱き締め返す。

「シャーロット？」

「わ……私がオズヴァルトさまに、こんなにもドキドキしてしまうのは！ 記憶を失う以前から、長年ずっと片想いをしてきたことも、理由のひとつで……」

シャーロットにとってはどうしても、恐れ多いことだと感じてしまう。

けれど同時に、こうすることでオズヴァルトの体温や、存在が近くにあることを実感するのだ。

左胸の奥が、気恥ずかしさと同時に温かくもなる。

「オズヴァルトさまのやさしいお心に触れる度、『私』はとても嬉しいのです。……あなたに救っていただいているのだと、心から……んっ！」

シャーロットが驚いて目を閉じたのは、オズヴァルトに口付けられたからだ。

いつもの触れるだけのものではない。オズヴァルトはシャーロットのくちびるを淡く開かせると、もっと深くて熱の籠もったキスをくれる。

「ん、んん……っ」

とろけるようなその熱さに、思わずくぐもった声を漏らした。

シャーロットの思考が溶けそうになる頃、ようやく解放してくれたオズヴァルトが、くちびるを親指で拭《ぬぐ》いながら笑う。

「……思った通りだな」

「ふ、ふえ……？」

「封印の陣が触れ合うようなことをしても、夢の中なら解けないらしい」

「!!」

その微笑みに、自分の顔が真《ま》っ赤《か》になったのが分かった。

（駄目です!!　この事実を、状況を、認識しては!!　私が壊れてしまいます、一度無かったことにしませんと、ごめんなさい……!!）

シャーロットは慌てて両手で赤面を隠しながらも、こう続ける。

「と……ととと、ともかくオズヴァルトさま!!　クライドさまが私の故国から遣わされたとすれば、王子さまたちとは無関係ということになりそうな訳ですが!!　ニクラス殿下は……」

「シャーロット。それに関して、君の記憶を補完しておく」

「？」

指の間からちらりとオズヴァルトを見ると、彼は、先ほどまで映像が浮かんでいた空間を見遣《みや》って言った。

「後半の映像に映っていたのは――恐らく、第二王子ニクラス殿下ではない」

「……え!?」

シャーロットが目を丸くした、そのときだった。

「……っ!?」


全身に、ぞくっと痺《しび》れるような寒気《さむけ》が走る。


「オズヴァルトさま、この気配……!!」

「…………」

何かが肌の表面を這《は》うような悪寒《おかん》だ。

オズヴァルトはシャーロットを庇うように抱き寄せ、辺りを探る。

「殺気だが、夢の中で生まれているものではない。――現実で、何か起きているな」

「ひょっとして、クライドさまが……?」

「宿の結界は強化したはずだ。だが……」

オズヴァルトはぐっと眉根を寄せ、シャーロットを離した。

「……夢の外に出よう。君は目覚めたら、安全な場所に逃げてくれ」

そう言うなり、彼の姿が消えてしまう。シャーロットは反射的に手を伸ばしたあと、映像の消えた真っ白な空間を振り返った。

そこにはいつの間にか、一冊の日記帳が落ちている。

シャーロットはそこに駆けてゆき、ぺたりと座って見開きを覗き込んだ。

『――祝福を』

シャーロット自身の書いたらしき文字は、そこまでを書き掛けてから止まっている。

それを上から消し去るように、乱雑な線が走っていた。まるで『祝福』の文字を拒むかのような記述に、シャーロットは指を伸ばして触れる。

（オズヴァルトさまと私の結婚を誰よりも阻止したがっていた、以前の私）

日記帳が光を帯び、消えてゆく。

後できちんと確かめはするものの、シャーロットにはなんとなく、実物の日記帳にも同じことが書いてあるように思えた。

（怖かったのですね）

思い浮かべるのは、泣いていた自身の姿だ。

（いまの私よりもずっと、心から……）

シャーロットはその事実を噛《か》み締めて、きゅうっとくちびるを結ぶ。向き合うためにも、いまは問題を解決する必要があった。

（……オズヴァルトさまを、早く追い掛けませんと……！）

急いで立ち上がり、前を向く。

(ええと、ですが、夢から覚める方法が難しいですね!? オズヴァルトさまは素早くお目覚めでいらっしゃいましたが、ひょっとして眠っていらしても自在に覚醒することが出来るのでしょうか。さすがは戦地で過ごされた経験のあるお方……!! わ、私も頑張らなくては!!)

気合いを入れ、ぎゅむりと強く自分の頬を抓《つね》る。痛みに顔を顰《しか》めると、夢の世界が大きく歪んだ。

ふわふわと溶けてゆくような心地の中、シャーロットは床に出来た穴を見据える。

「……とおっ!」

全力で走って飛び込むと、夢の景色はいっそうその輪郭を曖昧《あいまい》にしていった。

目覚めた先に待っているであろう危機の予感に、シャーロットは改めて気を引き締める。


(……忌々しい)

夜の更けた聖都の街並みを、クライドはゆっくりと歩いていた。

この街は深夜になっても、あちこちにまばらな人通りがある。聖なる都に似つかわしくない、酒の匂いを漂わせた人間も、大手を振って上機嫌で歩くことが出来るのだ。

「くそ……っ!!」

目に映るすべてを不快に感じ、クライドは舌打ちをした。先ほど聞いた男の言葉が、いまも頭の中でこだましている。

『聖女シャーロットの身柄を、報酬としてお前に渡せだと？』

依頼主は、クライドの願いに対して嘲笑を浮かべたのだ。

『そのような許可を、するはずもないだろう。あの小娘は元来、私たちの物なのだ』

シャーロットを犠牲にした分際で、玉座に座った男はそう言い放った。

『それをかの国が奪った、だから奪い返す。それこそが、貴様の任務だぞ』

品のない笑みを浮かべた男が、シャーロットを語るのすら許しがたい。ましてや物のように扱って、こともあろうかクライドに奪還を命じた。

「……取り戻すべきは、お前たち外道《げどう》の手からだ」

夜の道を歩きながら、クライドは小さく絞り出す。

通信魔術用の鏡は砕き、追跡を拒む結界を張り直した。子供の頃、彼女が死んだと聞いたときの絶望と後悔を、もう二度と繰り返すつもりはないのだ。

「彼女を、お前たちになど渡すものか。どの国にも、オズヴァルトにも……」

「お、おい兄ちゃん」

すれ違いかけた男が、クライドを見て目を丸くする。

「どうしたんだ？　手から凄い量の血が流れてるぞ！」

「……」

「手当てをしていった方がいいぜ。この街には聖女はいねえが、簡単な手当てなら大神殿で……」

その男の言葉すら、無性に気に触る。

「聖女が、いない？」

看過できないその言葉を、クライドはぽつりと繰り返した。

「いるさ。この街にいるんだ、俺の聖女が」

「あ……？」

「いまは、あいつの元に……」

クライドはくちびるを噛み締めると、ゆっくりと男の方に手を伸ばした。

「な、なんだ？」

「……ああ、お前それなりの魔力量じゃないか。この街に住まう人間は、魔術の能力に優れた者が多くて助かるよ」

「あんた、さっきから一体何を言って……」

何やら喚《わめ》いていたその男は、ここから更にうるさくなる。

「ぐ……っ!!」

クライドの出現させた魔法陣が、男の喉元で光を放った。禍々《まがまが》しい赤色に輝いて、辺りに濁った絶叫が響く。

「あ、ああああっ!!」

「そうやって騒いでいてくれると、撒き餌《まえ》になって有り難い」

クライドは、低い声で小さく絞り出した。見据える先は、シャーロットが眠っているはずの部屋の窓だ。

「会いに来てくれ、ロッティ。君の顔が見たい」

追跡魔術が仕掛けられていることは、こちらももちろん察している。今はまだ結界で遮断していないのは、彼女がクライドを見付けやすくするためだ。

「――あの日の記憶さえ取り戻せば、君だって俺の傍を選んでくれる」


「オズヴァルトさま!!」

現実世界で飛び起きたシャーロットは、真っ先に守護石の首飾りを身に付けた。

オズヴァルトはもう部屋にいない。ナイトドレスの上にカーディガンを羽織り、ベッドサイドに置かれた大量の指輪と耳飾りをまずはポケットに入れて、靴を履き部屋の外に駆け出した。

(宿のお外から、大きな声！　数日前と同じです……!!)

シャーロットは階段を降りながら、ポケットの指輪をどんどん嵌《は》めてゆく。オズヴァルトが誂《あつら》えてくれたばかりの守護石をすべて身に付け、転がり出る勢いで通りに出た。

そして、目の前の光景に息を呑む。

「……っ!!」

石畳の街並みは、魔術の街灯で照らされていた。

「これは……」

そこには十数人の人々が、地面に蹲《うずくま》って苦しんでいる。こめかみには血管が浮き出し、呻《うめ》きながら脂汗を流して、自らの体を抱え込んでいるのだ。

「皆さま、魔術暴走を起こしかけて……？」

その中央に立つオズヴァルトは、複数の魔術を同時に操りながら、眉根を寄せて彼らを睨んでいた。

ひとりの男性が、まるで狼《おおかみ》のような咆哮《ほうこう》を上げる。

「ううう、ぐあああ……っ!!」

「……っ」

男性の魔力が、大きく膨らんで爆《は》ぜそうな気配を感じた。

シャーロットは反射的に叫びそうになるが、オズヴァルトが瞬時に対応する。

男性に向けて放った魔法陣は、この場で組み上げた即興のもののようだ。

(オズヴァルトさまの封印の陣……ではなく、よく似た魔術です!!　あの方たちの魔力暴走による魔術の作用を、そのまま反転させて、相殺するような……)

ここには多くの男性たちが倒れているが、魔力暴走の発動には時間の差があるらしい。

オズヴァルトはその間、冷静に彼らの魔力を分析し、ここで緻密《ちみつ》な魔法陣を組んでいる。そして暴走が起きる前に、その暴れ狂う力を削《そ》いでいるのだろう。

(あまりにも凄まじい魔術です!!　さすがはオズヴァルトさま、ですが……!!)

この方法は、暴走を鎮《しず》める相手の魔力量と同じだけ、オズヴァルトの魔力を消耗する。

シャーロットの神力を封印した際、オズヴァルトの魔力はほとんど尽きかけた。

神力封印が解除された際、少しはオズヴァルトの魔力として移せているものの、いまだ万全ではない状態だ。

(お相手の魔力量が大きいほど、オズヴァルトさまのご負担に！　それにこれだけの人数がお相手で、スピードと集中力が求められる中、あの繊細な即席魔術を構築し続けることは……)

だがそのとき、シャーロットは気が付いた。

それと同時にオズヴァルトが、シャーロットの存在を見付けて息を呑む。

「シャーロット……!?　目覚めたら、安全な場所に逃げろと……」

「オズヴァルトさま!!　このお方たちの魔力暴走は、魔術によって強制的に引き起こされたものですか!?」

シャーロットの中に思い浮かぶのは、数日前にも宿の前で起きた魔力暴走だ。あのとき現れたクライドと、無関係であるとは思えない。

オズヴァルトも、恐らくは同じ考えだろう。

「……そうだ。魔力暴走は本来、高い魔力を持った人間が、精神や身体の不調を生じさせた際に起こる。だが、ここにいる彼らは……」

「人為的な魔術による、暴走なのですね？」

「そうだ。これだけの人数が同時に暴走を起こすなど、死者の多い戦場でもない限り、有り得ない」

シャーロットの問い掛けに答えながらも、オズヴァルトは新たな魔術式の構築を止めない。

そのことに心強さを感じながら、シャーロットは頷いた。

「であれば、これは、『状態異常』です……！」

「……そうか！」

シャーロットの言わんとすることに、オズヴァルトもはっとしたらしい。

「オズヴァルトさま！　これより治癒魔術を開始します、ごめんなさい!!」

現在シャーロットの身の上は、『神力を封印し無力化した状態でオズヴァルトが監督する』という国王命令になっている。封印後、少しずつ回復しつつある神力を使用するのは、その王の命令に背く行為だ。

少々の治癒魔法であれば、国王が目溢《めこぼ》ししてくれる可能性もある。

それでも何かあった際、叱責と処罰を受けるのは、シャーロットの神力を管理するオズヴァルトだった。

「国王さまに知られれば、オズヴァルトさまが叱られてしまうのですが……!!」

「そんなことは構わない、問題は別だ！　魔力暴走を起こす魔術ですら初耳なんだ、それを鎮める治癒魔術など……」

「治癒魔術は、他の魔術よりも柔軟です！」

シャーロットは地面に跪くと、祈るように両手を組む。

記憶を失い、そこから少しずつ神力を取り戻してゆく中で、シャーロットだって学んできたのだ。

「大切なのは、治癒対象を救いたいと祈る心……！」

数か月前、雪の街中で出会ったフェンリルや、割れたカップで怪我《けが》をした友人を治癒したときのように。

それから、シャーロットのためにすべての魔力を使ってくれたオズヴァルトを癒し、神力を彼に移したときのことだ。

(オズヴァルトさまがあんなにも懸命に、救おうとなさっている方々)

石畳に蹲って苦しむ彼らを前に、シャーロットは祈る。

(それから。……ひょっとしたら、私という存在がこの街にいる所為で、巻き込んでしまったかもしれない方々……)

彼らはきっと被害者だ。

シャーロットが聖都を訪れなければ、こうして苦しめることもなかった。

(ごめんなさい。……どうか、その苦しみから救われてください……!!)

この場で最も苦しんでいる男性のことを、シャーロットは心の中で念じる。

そうして放たれた神力の光が、男性の周囲に陣を描き、まるで開いた花のような紋様を描き出した。

「暴走が、鎮まった……」

(まずは、おひとり……!)

シャーロットは息を吐き出す。神力の消耗を感じるが、オズヴァルトと力を合わせれば、全員の対処が出来そうだ。

「シャーロット、残りの半数を任せられるか!?」

「もちろんです!! オズヴァルトさまはなるべく魔力量の少ないお方の、魔力相殺を!!」

そうしてシャーロットとオズヴァルトは、互いのやり方でひとりずつ、魔力暴走を鎮めてゆく。

(残る人数も、あと少しです……!)

シャーロットが一雫《ひとしずく》の汗を零した、そのときだった。

「俺が少し、目を離した隙に」

「!!」

「――あなたが手を貸すのはいけませんね。ロッティ」

瞬時に現れた何者かが、シャーロットの耳元で低く囁《ささや》く。

「シャーロット!」

シャーロットよりも早く気が付いたオズヴァルトが、こちらに魔術を放とうとした。けれども
シャーロットとオズヴァルトの間は、分厚い結界に阻《はば》まれる。

「くそ……っ」

「駄目です、オズヴァルトさま!!」

背後の何者かに腕を掴まれながら、シャーロットは叫んだ。

「私よりまずは、残る方々の魔力暴走を……!!」

「……っ」

オズヴァルトがぐっと踏み留《とど》まる。

シャーロットは振り返り、そこに立っていた人物を見据えた。

「クライドさま……!!」

「っ、ロッティ……」

怖い顔をして睨んだつもりが、クライドは何故か嬉しそうにする。その瞳に籠る熱が、これまでと明らかに違っていた。

「どうか俺のことを、そんなに怒らないで。あなたに会いに来てほしかった、それだけなのです」

「私をおびき寄せるために、巻き込んだのですか!? ここにいる方々を、あんなに苦しめて……!」

誰かにこんなに怒ることは、シャーロットにとって慣れない感情だ。クライドに掴まれた腕をぐいぐい引っ張って、彼の拘束から逃れようとする。

「こうしなければ、俺はあなたの声も聞けない。その顔を見ることも出来ないのです。憎きオズヴァルトが、あなたを無理矢理に捕らえている所為で」

「……っ」

「きっと、望まぬ結婚だったのでしょう?」

吐息を交えたクライドの言葉に、以前の自分が泣いていたのを思い出す。

(……記憶を失う前だけでなく、いまの私も。オズヴァルトさまとの結婚が恐れ多い気持ちを、拭い去ることは出来ませんでした)

けれど、たったいまクライドに告げられた言葉によって、シャーロットは思い知った。

(望まぬ結婚だったはずだと仰られても、それに頷くことは出来ません。……だって、私は)

「あなたはただ、国王の命令で嫁がされている身の上のはず。愛《いと》しいロッティ、俺はあなたを……」

「んん……っ」

シャーロットは全力で抵抗しながら、目を瞑り力いっぱいに叫んだ。

「――私は、オズヴァルトさまが大好きです!!」

「!!」


その言葉に、クライドの言葉がぴたりと止まる。

「心の底から、誰よりも!! 小さな頃からずうっといままで、オズヴァルトさまのことが好きで仕方がありません!!」

「……ロッティ……?」

「元のおうちが何処であろうと、もはや関係ないのです! 迷子なんかになりません、私はいつだって絶対に、オズヴァルトさまのおうちに帰るのですから……!!」

大きな声で叫ぶ言葉は、結界の向こうのオズヴァルトにも聞こえているはずだ。恥ずかしさを感じる余裕もなく、シャーロットはクライドに告げる。

「愛する旦那さまのお役に立ちたいので、離してください……!!」

「――――……」

拒絶の言葉を告げた瞬間、クライドの手から力が抜ける。

それと同時に、背後で硝子の割れるような音がした。オズヴァルトの力強い手が、シャーロットを掴んで引き寄せる。

「待たせた、シャーロット」

「オズヴァルトさま……!!」

それはとても強い力だが、シャーロットは心から安堵した。クライドに掴まれたときとは真逆の、大きな喜びが胸に満ちる。

「君が何処に連れ去られても、俺が必ず迎えに行く」

「っ、はい……!!」

そのことを信じながらも、シャーロットはオズヴァルトにしがみついた。

魔力暴走を起こしかけた男性たちは、全員が鎮められて気絶している。

これほどの緻密な魔術を使い続け、その上で分厚い結界すら砕いたオズヴァルトの力に、シャーロットは感激で震える思いだった。

一方で目の前のクライドは、目元を押さえながら一歩後ずさる。

「……うそだ」

掠《かす》れ切ったその声は、恐らく独白だったのだろう。

「ロッティはまだ、思い出していないだけなんだ。……大丈夫、すぐにまた、俺を見てあんな風に笑ってくれる」

「……?」

「俺を癒し、案じてくれるはず。だが……そうですね」

クライドはゆっくりと自分の手のひらを見詰めた。

「あなたを迎えるのに、特別な身だしなみを整えないままなんて、有り得ませんでした」

その手が僅かに震えている。

どうして彼がそれほどまでに落胆しているのか分からず、シャーロットは戸惑った。

「……また来ますね。ロッティ」

クライドは、耳慣れない愛称でシャーロットを呼び続ける。

「国も、依頼も、関係ありません。俺は今度こそ、あなたを……」

「待て！」

「オズヴァルトさま……！」

追おうとしたオズヴァルトの腕にしがみつき、それを止める。

「このまま戦闘が続くと、また知らない方々を巻き込んでしまうかもしれません……！」

「……っ」

シャーロットにとっては最大の心配もある。オズヴァルトの身に危険が及ぶこと、それこそを何よりも避けたかった。

「くそ……」

転移によってクライドの消えた空間を、オズヴァルトが忌々しそうに睨む。

荒々しい夜は、こうして過ぎていったのだった。

五章　旦那さまに救われているのです！（お傍に居られて、幸せです！）

よく磨かれた大理石の床は、清廉な白色に輝いていた。

赤い玉座に腰を下ろしたのは、この国の王ではない。銀の髪に赤い瞳を持つその青年は、指輪に嵌《は》めてある魔術石を眺めている。

（……あの男、ようやく通信魔法を遮断したか）

色を失った魔術石は、監視対象を完全に見失ったことを示していた。

しかしこの動きは問題ですらなく、それどころか遅すぎたほどだ。

（『素質』を持った人間にシャーロットと関わりを持たせ、幼い頃から仕込んだ甲斐《かい》がある。……さて）

青年は指輪を外すと、それを右手に握り込む。手の中から吹き上がった炎によって、指輪は真っ黒に焦げついて崩れた。

「素晴らしい働きを、期待しよう」

「――ご報告は以上です。エミール殿下」

（さすがはオズヴァルトさま、なんと分かりやすいお話でしょうか……っ!!）

オズヴァルトが一連の説明を終えるまでの間、シャーロットは彼の隣に立ち、ことあるごとに大きな相槌《あいづち》を打っていた。

（美しく論理的な筋道の立て方、まるで流れる水のように美しく……!! これはもはや芸術と言っても過言ではありません、オズヴァルトさまのお声も相俟《あいま》って歌劇のよう!! とはいっても私、歌劇を聴いた記憶はひとつも無いのですけれど!!）

「ふうん……」

この執務室の主であるエミールは、今日も執務机に頬杖《ほおづえ》をついている。

数日前、シャーロットに囮《おとり》作戦を提案したエミールにとって、クライドや日記帳から得られた情報は興味深いものだったようだ。

「色々とよく分かったよ、ふたりとも。まずは昨夜の集団魔力暴走について、よく沈静化してくれたね。オズヴァルトだけではなく、シャーロットちゃんまで頑張ってくれたなんて」

「いえ……!! 元はと言えば、私が巻き込んでしまったのです」

慌《あわ》てるシャーロットの横で、オズヴァルトが少し難しい顔をしている。

「君は何一つ悪くない。シャーロット」

オズヴァルトがそう言ってくれたとしても、シャーロットはしょんぼりと俯《うつむ》いた。

「魔力暴走を起こされそうになった皆さまは、本当にもう回復なさっていますか……？」

「ああ。君の治癒《ちゆ》魔術があったお陰だ」

昨夜、気絶してしまった人たちを前にして、シャーロットは必死に治癒魔術を使った。

宿に戻《もど》っても不安だったのだが、朝一番にエミールがくれた連絡によって、全員が元気に目を覚ましたと教えられている。

ひとまずほっとしたものの、申し訳ない気持ちでいっぱいだった。

「憎むべきは犯罪者だよ？　シャーロットちゃん」

「ですが……」

エミールは頬杖をついたまま、少し首をかたむける。

「それに言い方は悪いけれど、首尾としても上々だ。クライドという男の情報が掴《つか》めただけではなく、日記帳とやらに封じられていた過去の記憶の映像まで引っ張り出せるとは」

エミールは手近にあったペンを持つと、その先についた羽根を、手遊びのように指でなぞる。

「そこに兄上が映っていたというのも、予期せぬ収穫だったね。今の話だと、かつてのシャーロットの記憶は、映像となって断片的に展開されているようだけれど……？」

探るようなエミールのまなざしに対し、オズヴァルトは素知らぬ顔で答えた。

「仔細《しさい》については、当のシャーロットにも分かりかねるようです。今回も映像魔術の展開は唐突であり、我々も内容を閲覧するだけで精一杯でした」

（オズヴァルトさまは、エミール殿下にもすべての真相をお話しされるつもりはないようです！　実際はまったく開け方が分からないのではなく、これまではオズヴァルトさまへのどきどきで日記帳が開きましたし、今回は……）

シャーロットはクライドに囮として近付き、そこで危険な目に遭った。その結果オズヴァルトに心配を掛けてしまい、めいっぱい甘やかされてしまったのである。

（今回は、どきどきの性質が、今までとは変化したと言いますか……!! 元気になるようなどきどきというよりも、切なくてきゅうっと締め付けられるような……）

とはいえオズヴァルトの思惑として、そんな分析もエミールには伏せたいのだろう。恐らくはシャーロットのためであることを感じつつ、そっと挙手をする。

「あのう、エミール殿下……！」

「なんだい？　シャーロットちゃん」

オズヴァルトとエミールの邪魔にならないよう、シャーロットは急いで言葉を続けた。

「オズヴァルトさまにもご確認いただいたのですが！　私が昨晩クライドさまのポッケに入れた追跡魔術用の石は、真夜中過ぎまで機能していたそうで……！」

「うん、お手柄だよ。君の活躍で、その男の行方がある程度は追えていた」

恐らく昨夜のクライドは、真夜中から結界魔法を使い始めたのだろう。

この聖都で、『シャーロットを誘い出す』ために魔力暴走の魔術を使用した、その後に追跡魔術を遮断したのだ。

「途中で途絶えてしまったとはいえ、このクライドの行動記録は大いに役立つ。これで拠点にしていた場所が分かれば、通信魔術で連絡を取っていた相手なんかが分析できそうだ」

つまり、これによってクライドの雇い主が確定できるかもしれないのだ。

まったく無為でなかったことに安堵《あんど》するものの、不安は残る。

「ですが……クライドさまは恐らく、追跡魔術に気が付いていらっしゃいましたよね？」

そう確かめると、エミールは少し目を丸くした。

「驚いたな。オズヴァルトが君に、その考えを話した……という訳ではなさそうだね」

「はい！　昨日の様子を拝見すると、クライドさまは本来、常に人目を気にする身の上のようでしたから！　恐らく誰かと出会ったあとは必ず、そういった魔術を警戒なさるのではないかと思いまして……！」

オズヴァルトを見上げると、彼もこの考えに賛同してくれているようだ。シャーロットはほっとしつつ、更に続けた。

「敢《あ》えて追跡をかわさない理由があるとすればきっと、追ってくる人を罠《わな》に掛けるためです。クライドさまは昨夜のとある時間までは、私たちをそんな風に待ち構える予定だったはず。それなのに」

「君の言う通りだ。あの男は何らかの理由で心変わりをし、魔力暴走という荒々しい手段に切り替えた」

「……クライドさまのあのご様子では、再び私を狙っていらっしゃるはず。ですがもう二度と、無関係の方々を巻き込む訳には参りません」

昨日のことを思い出し、シャーロットは再び項垂《うなだ》れた。だが、嘆いてばかりもいられない。

「まずは現在、クライドさまがいらっしゃる場所を知らなくては。ですが罠であることを考慮して、こちらから挑むのではなく、接近して来られる好機を待つべきですよね……」

その意見に、オズヴァルトも同意してくれる。

「あの男は必ず、君を再び捕らえるためにやってくる。その際に、俺たちにとって戦いやすい場所に誘導する必要があるな」

「ではやはり、追跡を遮断していらっしゃるクライドさまの結界を突破し、常に居場所を監視できる状態に……」

するとエミールが、興味深そうにしつつ言った。

「シャーロットちゃんの仕掛けてくれた追跡魔法を利用すれば、なんとかいけるかもしれないよ」

「!! そういえば、先日オズヴァルトさまに教えていただきました！」

シャーロットは目を輝かせ、オズヴァルトの兄であるエミールを見つめる。

「エミール殿下は、追跡や解析の魔術が大変お得意でいらっしゃると……！」

「ふふ」

エミールは謙遜《けんそん》するでもなく、慣れきったことのように微笑《ほほえ》んだ。

「まあ、それほどでもあるかな」

(だからこそ以前、私がランドルフ殿下に連れて行かれた際にも、オズヴァルトさまと私の元にすぐさま転移して下さったのですね……)

王子のひとりであるランドルフは、結界の魔術に秀でていた。

あのときオズヴァルトがシャーロットを見付けられたのも、身に付けていた守護石が国宝級と呼ばれるもので、オズヴァルトがそれを追えたからだ。

だが、エミールにその方法は使えない。

にもかかわらずエミールは、オズヴァルトが結界を砕いてからさほど時間を掛けず、あの場所に現れた。

それというのも、エミールの追跡と分析が優れているからなのだろう。

「魔術というのは、国によって系統が少しずつ異なる」

エミールはペンを一度戻すと、机の上に紙を広げた。

「クライドという男の出身国が分かったことで、分析が少し楽になった。いまは結界で身を隠し、行方《ゆくえ》を眩《くら》ませているけれど、数日もあれば追うことが出来るよ」

「エミール殿下……」

「……なんてね。分かってる、それじゃあ遅いと言いたいんだろう？　その男はシャーロットちゃんを狙っているのだから、いまは一刻の猶予もない」

自嘲を浮かべたエミールが、ひょいと肩を竦《すく》める。

「とはいえ、なかなかに難しいことは分かっておくれ。いくらクライドとやらが、聖都近辺に潜伏している可能性が高いといえどもだ」

エミールの赤い瞳は、他の兄王子たちとは違った印象を受ける。シャーロットがいつも思い出すのは、仲の良い庭師の老人だ。

「せめて、その男の魔法陣がひとつでもこの目で見られたら良かったのだけれどね。魔術の癖が分かれば、聖都に行き交うすべての魔術を分析して、そいつの結界を暴《あば》けるかもしれないけれど……」

「はい！　それなのですが、エミール殿下！」

「？」

シャーロットがオズヴァルトを見上げると、彼は上着の内ポケットから一枚の紙を取り出した。

オズヴァルトが差し出したその紙を、エミールが受け取る。広げた内容を見つめ、驚いたように瞬《まばた》きをした。

「……これは」

シャーロットは大きく両手を広げ、元気いっぱいに主張した。

「私が見たクライドさまの魔法陣を、この紙にそのまま描き写しました！」

「…………」

その瞬間、執務室がしいんと静まり返る。

（ど、どうしましょう!?　いつもにこにこのエミール殿下が、なんだか固まっていらっしゃいます!!）

「魔法陣を、描き写した？　人が魔術を使う際、ほんの一瞬しか展開されない複雑な図を……？」

「あ、あのう……！　昨晩クライドさまが、追っ手をやっつけるのに魔術を使用なさったのです！」

シャーロットは慌ててぶんぶんと手を動かし、エミールに訴えた。

「その陣を思い出しながら、正確に描けているはずでして！　私自身も術式を確かめましたし、オズヴァルトさまにも確認いただきました！　魔法陣として間違ったものではなさそうですので、クライドさまが発動なさった陣を再現出来ているかと……」

「………………」

「ほ、他の魔法陣も描いた方が良いでしょうか!?　もうひとつ、クライドさまの転移の陣を拝見したことがあります！」

そう言い募ると、ますますおかしな空気になってしまう。シャーロットは半べそでオズヴァルトを振り返り、助けを求めた。

「お、オズヴァルトさま……！」

「……エミール殿下」

オズヴァルトが瞑目《めいもく》し、淡々と口にする。

「健康的な人間が一晩に寝返りを打つ回数が、何回であるかはご存知ですか？」

「…………」

エミールは、『弟が何を言い出したのか分からない』という顔になった。

「あるいはキングサイズの寝台が、横幅何センチであるかでも結構です」

「……知らないなあ……。自分の寝台のサイズだ、何処《どこ》かで聞いたことくらいはあるかもしれないけれど、だとしてもそんなことは覚えていない」

「シャーロットはすべて暗記しています」

「…………」

　ぴたりと固まったエミールの前で、オズヴァルトがシャーロットを見遣《みや》る。

「彼女の記憶力は、本物です。……特に、私のことに関連付けられる場合、その能力は更に凄《すさ》まじいものとなります」

「クライドさまの魔法陣のこの部分は、三日前にオズヴァルトさまの着ていらしたシャツの皺《しわ》によく似ているのです！」

　オズヴァルトの助け舟に便乗し、シャーロットはふんふんと鼻息荒く説明した。

「それからここには数式が隠されていますよね？　数字がちょうどオズヴァルトさまの一時間に刻まれる瞬きの平均回数を三倍にした数だったので、とっても覚えやすいものでした！　この図柄の角度、こちらはオズヴァルトさまの喉仏の角度とほぼ一致していますし、この直線はオズヴァルトさまが目を自然に開けていらっしゃるときの、一番長い睫《まつ》毛《げ》の角度です！」

「エミール殿下。この説明はお耳に入れずとも支障ありませんので、どうか聞き流していただければと」

「こちらの部分に入っているラインの数は、オズヴァルトさまの制服の上着についているボタンの数とおんなじです！　そう思うとすぐに頭に入ってしまいますよね……!!　この辺りに描かれた丸はオズヴァルトさまの昨日のくしゃみと同じ数、この四角はオズヴァルトさまの一昨日の寝返りと同じ数、こちらはオズヴァルトさまの首筋にあるほくろと同じ数！　ああ……っ」

「…………」

シャーロットは幸せが止まらなくなり、胸の前で両手の指を組む。

「この世界にはこんなにも、オズヴァルトさまに関連するものがたくさん溢《あふ》れているのですね……!?

そう考えますと、世界のすべてがオズヴァルトさまによって構築されていると言っても過言ではなく……っ!!」

「過言だ！　もうやめておけ、エミール殿下が笑顔でとんでもなくドン引いていらっしゃる！」

「は……っ！　失礼いたしました、ついつい世界の真理を見付けてしまい……！」

「見付けていないからな？」

慌てて気を付けの姿勢を取るシャーロットを見て、エミールが「ううん……」と声を漏らす。

「……分かったよ、一旦は信じて参考にしよう。これで本当にクライドという男の結界を見破れてしまったら、ますます複雑な気持ちになりそうだな……」

「エミール殿下……シャーロットに代わり、今からお詫《わ》びさせていただきます」

何故かオズヴァルトに謝罪をさせてしまったが、ひとまずは役に立てているのだろうか。不安に思いつつ、精一杯これからも頑張ろうと心に誓う。

「シャーロットちゃんが、どれほどオズヴァルトのことを好きかはよく分かったけれど」

「は、はい！　私はオズヴァルトさまが大好きです!!」

「シャーロット、今はそこを元気に主張しなくていい……！」

「ふふ。でも、だからこそ意外だな」

恥じらうシャーロットを見据え、エミールは僅《わず》かに目を細める。

「君はいつもオズヴァルトのことばかりだ。自分の身を守ることに、こんな風に一生懸命になりそうには見えない。クライドとやらは君を狙っているのだからね」

エミールが首を傾《かし》げると、ニクラスたちと同じ銀色の髪がさらりと揺れた。

「婚姻の祝福を授かれない原因は、クライドとの婚姻関係があった所為《せい》ではなさそうなんだろう？」

「……これが私だけの問題であれば、引き続きこうやって、エミール殿下に助けていただく訳にはいかないと感じたかもしれません！　ですが、オズヴァルトさまにお聞きしたところによると……」

シャーロットはオズヴァルトをそっと見上げた。オズヴァルトは頷《うなず》いて、言葉を引き継ぐ。

「先ほど我々は『映像』について、客観的な事実だけをお伝えし、推測は交じえないように心掛けました。ですが、エミール殿下もお気付きでは？」

「……そうだね」

エミールは少々面倒臭そうに、ひょいと肩を竦める。

「クライドという男にまつわる一件は、シャーロットちゃんの母国が聖女奪還のために起こしたものという、それだけの話ではなさそうだ」

「……」

オズヴァルトが小さく息を吐き、エミールに告げた。

「殿下。クライドという男を追うにあたり、念のためご相談したいことが」

「シャーロットの守護と、聖都の防衛？」

「はい。あの男の使う魔術は、懸念すべきです」

その重い声が、淡々と紡《つむ》ぐ。

「クライドには、他者の魔術を暴走させる力がある。……恐らくは、強固な結界魔術が必要になる場面が生じるかと」

「あ、あの！　オズヴァルトさま！」

シャーロットは勇気を出し、重要な作戦を切り出した。

「もうひとつ、オズヴァルトさまと事前に準備をしておきたいことがありまして……!!」

「シャーロット？」

これは絶対必要なことだが、同時にとても覚悟もいる。シャーロットの顔が真《ま》っ赤《か》になっているのを、オズヴァルトたちは不思議に思っているだろう。

（ですがすべては、オズヴァルトさまのため……！）

シャーロットは、むん！　と気合いを入れる。

その直後、オズヴァルトとふたりきりになれる場所での作戦会議をさせてほしい旨を、恐れながらと願い出たのだった。

♥　♥　💔

聖都ミストルニアは、大勢の人間で溢れている。

いつもなら煩《わずら》わしく感じる人混みも、いまのクライドにとっては眩《まぶ》しいものに見えた。

何しろこの街には、愛《いと》しいシャーロットが居るのだ。

（あなたの神力を、今日も確かに感じる。ロッティ）

愛する人間が生きている素晴らしさを、クライドは静かに噛《か》み締めて笑った。

通りすがりに向けられる女たちの、この顔に見惚《みと》れている面倒な視線も気にならない。

母国からの通信魔術を遮断したことにより、見付かり次第クライドを殺しにくるのだろうが、それすらもどうでもよかった。

（もうすぐだ。この先、俺たちの間を歩く邪魔な障害物どもの向こう側に、あなたがいる……）

愚鈍な通行人を掻《か》き分け、男の罵声を受けながら突き進む。

春の花が咲き乱れる聖都の街路に、ひとりの女性の背が見えた。

「っ、ああ……！」

柔らかな金色のその髪は、思い出と違う色合いだ。

それすら何も問題は無かった。クライドは急ぎ、その後ろ姿に呼び掛ける。

「ロッティ！」

すると一拍の間を置き、シャーロットがゆっくりと振り返った。

記憶と同じ水色の瞳が、真《ま》っ直《す》ぐにクライドを見詰める。その愛らしい輝きは、かつてと変わらない。

「……クライドさま」

「～～～……っ！」

彼女にその名を呼ばれると、頭の芯がじんと痺《しび》れるような感覚を抱いた。

(適当に与えられただけの名前が、これほどまでに意味を持つのか……！)

クライドという名前は、幼い頃に何処かで名乗ったことがある程度の名だ。

何度も使い回してきた、数ある名前のひとつに過ぎなかったものが、シャーロットに呼ばれただけで唯一のものとなる。

その幸福を前に、口元が綻んだ。

「あなたを再び迎えに参りました、ロッティ……！　どうかこちらへ、安心してください。あなたをあんな国に送り返すようなことは、もう二度と致しませんから」

「…………」

「さあ、ロッティ！」

彼女の腕を掴むため、手を伸ばす。

けれども美しい幸福の象徴は、クライドの目の前で消えてしまった。

「……っ!?　何処へ……」

雑踏の人混みは、シャーロットが姿を消したことに驚きもしない。クライドだけが辺りを見回し、居なくなった彼女を探している。

(ロッティを追っていたつもりが、追わされていた。俺の結界を分析し、追跡しているのか？)

昨日クライドに仕込まれた追跡魔術は、オズヴァルトやその協力者が、シャーロットに命じたものだろう。

シャーロットに記憶が戻りさえすれば、そんなことを本意でやるはずもない。

（本物のロッティは、俺の追跡魔術で……ああ、引き続き探れる！）

浮かび上がった魔法陣が示す先は、シャーロットに再会した大神殿だ。

（オズヴァルトの罠だろうと、構うものか。俺がロッティを、救わなければ……）

クライドは、ほとんど無我夢中に転移を行った。

いくつもの聖堂からなる大神殿の敷地前は、円形の広場になっている。広場を中心にして扇状に続く石段が存在する、その頂にシャーロットは居た。

「ロッティ……」

祈りながら佇《たたず》む彼女の姿があまりにも神々しくて、目を奪われる。

こうして見れば本物は、先ほど街中を歩いていた幻とは比べものにもならない。彼女の波打つ金色の髪は、陽《ひ》の光を受けて淡く輝いていた。

『大丈夫ですか……!?』

かつてクライドを助け起こし、傷口の近くを労《いたわ》るように触れてくれた手は、胸の前で組まれている。

その指に輝くいくつもの指輪は、彼女の華奢《きゃしゃ》な指を美しく際立たせていた。

『もうすこし、じっとしていてください……!!』

幼いシャーロットは、クライドを心から心配してくれた。あのときは飾り気のなかった耳元には、星をちりばめたような飾りが揺れている。

石の大きさに反して小さな彼女の耳は、焦げ付くような庇《ひ》護《ご》欲を掻き立てるのだ。

『もう、痛いところはありませんか？』

あのとき小首を傾げた少女の首元は、とても頼りなかった。

こうして大人《おとな》になったシャーロットの胸元に揺れるのは、ひときわ大きな石だ。あれだけは数日前、この場所で再会したときも、同じように強い光を放っていた。

『わたし、自分をなおすの、あんまりじょうずじゃなくて……』

恥ずかしそうに俯いた、あのときの表情を思い出す。

（君が自分を上手《うま》く治癒できなくとも、構わない。俺が絶対に守り抜いて、怪我《けが》のひとつも負わせない……）

白いドレスを身に纏《まと》う彼女は、清廉で汚れのない聖女そのものだ。

クライドが触れれば汚すことになるが、そのことが重々分かっていても、抱き締めたくて堪《たま》らない。

『わたし、いつもはお勉強と魔術のれんしゅうをしているのです！　あっちにある、おっきな教会で！　いっぱいれんしゅうしているのですよ！　もっとじょうずになって、おっきくなって……そうしたら、わたし』

淡い水色の瞳をきらきらと輝かせ、思い出の中の少女が笑う。

『戦争に行くんです！』

「っ、ロッティ……」

思い出したくもない最後の言葉だけは、無理矢理にねじ伏せる。

（ようやく君を取り戻す。俺のものだ、今度こそは失くさない……!!）

クライドが一歩踏み出そうとした、そのときだった。

「!!」

石畳から、強い炎が噴き上がる。

咄嗟《とっさ》に結界でそれを弾《はじ》き、同時に後ろへと退いた。シャーロットへの距離が数十センチも遠ざかると同時に、忌《い》まわしい声が聞こえてくる。

「――貴殿の言う『シャーロットへの恋心』は嘘《うそ》だったと、彼女は話していたんだが」

(来たか)

当然こうなると分かっていた。

数日前、宿からシャーロットを連れ出そうとしたときは、この男の氷の魔術で阻《はば》まれたのだ。

それよりも殺傷力の高い炎と共に、赤い色をした瞳がクライドを睨む。

「俺には到底、そうは思えないな」

「……………」

現れたオズヴァルト・ラルフ・ラングハイムが、炎を纏いながらこう述べた。

「貴殿のそれは、どうにも俺の妻を本気で愛し、奪いに来た男の目に見える」

「奪ったのは、どちらだ……!!」

反射的に芽生えた叫びと共に、邪魔な男への雷撃を放つ。

こちらが先にシャーロットと出会い、言葉を交わした。

誰よりも早く彼女を手にする権利を得ていたのは、本来であればクライドの方だ。

「俺は何年もの長い間、彼女をずっと想っていた!!」

「……っ」

クライドが放った雷撃を、オズヴァルトが守護石で弾く。結界を張らないことに違和感を覚えたが、それはすぐさま怒りで忘れた。

「彼女がいない世界なら、どうでもいいと思っていた……！　彼女が治癒してくれた体、それを朽ちさせる訳にはいかないと、それだけを生きる理由にするしか……くっ!!」

凄まじい炎の濁流が、竜のようにクライドへと襲い掛かる。再び結界魔術で弾きながら、業火《ごうか》の向こう側に怒鳴った。

「俺が、ロッティを手に入れる……!!」

オズヴァルトから繰り出されるのは、魔力消費量の多い魔術ばかりだ。

国一番の天才魔術師と、そう呼ばれる実力がある男だとは知っている。その差を見せ付けたいのかもしれないが、それこそが驕《おご》りだ。

(お前の魔力量が多ければ多いほど、こちらにとっては都合が良い。オズヴァルト・ラルフ・ラングハイム……!!)

クライドが再び放つ雷撃を、オズヴァルトはまたしても守護石で弾いた。

「先ほどから、聞いていれば」

指輪が砕け散って輝く中、それを煩わしそうに払いながら、オズヴァルトが言う。

「貴殿の言葉に込められているのは、自分の望みばかりだな」

「なに……？」

「シャーロットが何を望むのか。彼女にとって何が幸せか。……そんな思考が、貴殿にはひとつも存在しない」

「…………」

クライドの中にあるシャーロットへの想いを、オズヴァルトが明確に否定した。

その事実を呑《の》み込んだ瞬間に、一層強い憤《いきどお》りが噴き上がる。

「黙れ、オズヴァルト!!　彼女はお前ではなく、俺の妻になるべき女性だ!!」

「その呼び名を、許したつもりはないと言ったが」

「うるさい……!!」

「！」

転移魔法を瞬時に発動させ、一気にオズヴァルトの懐へ飛び込む。クライドはオズヴァルトの首を掴み、顔を歪《ゆが》めて笑った。

「終わりだ。オズヴァルト」

「――……」

大量の魔力を消費して、強大な魔法陣を発動させる。

これこそがクライドの持っている、『魔力暴走』の魔術だった。

（あのお方に教わった魔術。魔力が高い人間の、暴走を引き起こすもの……!!）

オズヴァルトほどの男の魔力は、暴走すればひとたまりもない。

「オズヴァルト、お前は自分の魔力に耐えきれない……!! 魔力暴走を起こし、周囲にあるすべてを犠牲にしながら、お前も共に爆《は》ぜて死ぬ運命だ！」

「……っ、く……」

オズヴァルトが左胸を押さえながら、苦しそうに顔を歪める。

これによってクライドも魔力を消費し、半分近くまで擦り減ったが、オズヴァルトを排除できるのなら構いはしない。

「ロッティの幸せを、俺に説いたな……!? しかしこれ以降のお前がロッティに出来ることは、彼女を魔力暴走に巻き込まないよう、遥《はる》か遠くに転移して野垂れ死ぬことだけだ！」

「…………」

クライドの魔法陣に呼応して、オズヴァルトの魔力が脈動する。

「どうした。ロッティの幸せを、第一に考えられないのか？」

「……やはり。貴殿に、シャーロットの夫を名乗る、資格はない」

「……なに？」

「執着心を、満たしたいだけだ。本当にシャーロットを守りたいのであれば、俺の魔力を暴走させるより先に、彼女を守る結界を張るだろう」

そう言われ、はっとして階段上のシャーロットを見上げた。

祈る彼女の周りを取り囲むように、オズヴァルトの結界が展開されている。

そのことにいま初めて気が付いて、クライドは舌打ちをした。

「……黙れ」

シャーロットへの結界を優先していなければ、オズヴァルトは自身の守りが間に合い、魔力暴走の魔術から逃れていただろう。

「綺麗事《きれいごと》を言うな!!　俺はロッティを手に入れるために、なりふり構わない覚悟がある……!!」

「……周囲を犠牲にする癇癪《かんしゃく》を、よりにもよって覚悟と呼ぶか」

「余裕を見せられるのもこれで終わりだ。お前の膨大な魔力は、制御不能に……」

そこまで言って、気が付いた。

「……なぜ」

オズヴァルトは顔を歪めている。

魔法陣は確かに展開し、魔力暴走を誘っているはずだ。

「魔力量が多い人間ほど、この魔術には耐えられない。だというのに、何故……」

その瞬間、クライドはある可能性に思い当たる。

「まさか……」

オズヴァルトは先ほどから、魔力消費量の多い魔術ばかり選んでいた。

それでいて自分の身を守るための結界は、すべて守護石で賄《まかな》っている。

これではまるで、最低限の身を守れる状況を確保した上で、自身の魔力量を極限まで減らす調整を行なっていたかのようだ。

「おかしいだろう、お前……。魔力をすべて失えば、どんな人間も例外なく死ぬんだぞ?」

「……」

「それなのに」

少し俯いたオズヴァルトが、口元だけで笑う。

その表情を見て、クライドは悟った。

「魔力量を極限まで減らした上で、俺との戦闘を行なっていたのか……？」

そうしてそんなふたりを、シャーロットが祈りの姿を取ったまま、聖堂の前から見下ろしている。


(なんとか上手くいきました、よかった……！)

聖堂の前に佇むシャーロットは、祈りが通じたことを悟ってほっとした。

大神殿の階段から見下ろす広場では、オズヴァルトがクライドに対峙《たいじ》している。

クライドがオズヴァルトの首を掴み、魔力暴走の陣を発動させた瞬間は、恐ろしくて泣きそうだった。

(事前にこの方法を思い付いていて、幸いでした。……すっごく勇気がいりましたけれど……)

シャーロットが脳裏に浮かべたのは、エミールの執務室で『事前に準備をしておきたいことが』とオズヴァルトに告げ、ふたりで宿に転移したときのことだ。

『私にキスをしてくださいませ、オズヴァルトさま……!!』

『…………』

必死に懇願《こんがん》した直後、言い方を間違えたとシャーロットは悟った。

隣に座ったオズヴァルトは、一瞬だけぽかんとした顔をする。けれども深く事情を聞かず、すぐさま実行に移そうとしたのだ。

『――分かった』

『わあっ、わあああああ――――っ!? 違いますオズヴァルトさま、違うのです！　いえ、していただきたいこと自体は何も違わないのですが……!!』

長椅子に押し倒されながら、シャーロットは必死に訴える。オズヴァルトはもちろんぴたりと止まり、シャーロットの言葉に耳を傾けてくれた。

『行なっていただきたいのは、封印を……！　私の神力の再封印を、していただきたく！』

『再封印？』

『はい……！　た、ただし今回お願いしたいのは、互いの陣を触れさせるだけのものではなく……』

シャーロットは真っ赤になったまま『れっ』と小さく舌を出して、上目遣いにオズヴァルトを見上げる。

『こ、ここに、新ひい陣を刻んでいただひたひゅ……』

『……封印の陣を新しく刻む……つまり、いまの君に対してもう一度、封印魔術を「新たに」使えと』

『仰《おっしゃ》る通りです……！　前に行ったような、キスによって封印状態を切り替えるものではなく……』

シャーロットの神力はオズヴァルトに封じられており、封印時に陣が刻まれた互いの舌を触れさせると、神力解除の状態となる。

解除中に再び舌同士を触れさせれば、また封印状態に変わる仕組みだ。その切り替えに、オズヴァルトの魔力は必要としない。

しかしシャーロットが提案したのは、その切り替えを行なうことではなく、回復しつつある神力を『新たに封印する』というものだった。

『何故、今になって君の神力を新たに封印するんだ？　回復しつつある神力は、封印状態の切り替えを行なうだけでも、封印初期値の数値まで抑えられるが』

『主な目的は、私の神力を封じることそのものではなく、オズヴァルトさまの魔力を消耗することの方なのです！　け、けけけけけ決して、キスをするのが目的ではなく!!』

『俺の魔力を……』

シャーロットが目を閉じてこくこく頷く中、オズヴァルトは察したようだ。

『……あのクライドという男の、魔力暴走の陣への対策か』

『クライドさまが魔力暴走を狙う場合、標的になると最も危険なのは、オズヴァルトさまです
……！』

魔力暴走において脅威となるのは、持ち主の膨大な魔力が暴れるからだ。

オズヴァルトの母が亡くなったのも、オズヴァルトの魔力暴走によるものだと聞いている。クライドはその事実を知らないだろうが、利用してくるのは間違いないだろう。

『数か月前、オズヴァルトさまは国王陛下のご命令によって、私と結婚して神力を封印なさいました。その際に、オズヴァルトさまの魔力は枯渇寸前に陥ったのですよね？』

『……ああ。それも時間が経《た》ち、随分と回復してきている』

『クライドさまと再会してしまう前に、オズヴァルトさまの魔力残量を減らすべきだと思うのです』

もちろん魔力を消費した状態にすることは、オズヴァルトにとって困難を招くだろう。

それでも、彼の魔力が暴走させられて、命の危険が生じるよりはずっと良い。

『クライドさまが魔力暴走を引き起こそうとしても、暴走する魔力が存在しなければ、オズヴァルトさまの命に関わることはなくなるかと……』

『…………』

『私の神力も、数か月の間にまた回復しつつあります。以前、もう一度封印し直していただきたいとお願いした際、オズヴァルトさまはそれを行なわなくて良いと言って下さいましたが……！』

あのときシャーロットが封印を願ったのは、自分の神力をゼロに近い状態へ戻すためだった。

けれども今回の懇願は、神力の封印が目的ではない。

『私の神力を封じる行為で、オズヴァルトさまの魔力残量を大きく削れますよね……？』

『……確かに』

恐る恐る尋ねたことに、オズヴァルトが同意してくれて安堵する。オズヴァルトの言葉はシャーロットにとって、世界で何よりも安心できるものだ。

『君の中に溜《た》まりつつある神力は、もちろん最盛期より少ない。その分だけを改めて封印するなら、俺の魔力消費量も致命的ではないはずだ』

『いまある封印の上に、また封印を重ねる形になりますか？』

『そうだな。俺たちの舌に刻まれる封印の陣も、異なるものを二重に重ねる形になる』

『舌……！』

封印に必要な行為を意識してしまい、もじもじした。

しかし、シャーロットの中に浮かんだこの考えは、オズヴァルトにも同意してもらえそうだ。

『で、ではオズヴァルトさま。問題は無さそうでしょうか……!!』

『ああ。いまの君の神力を封じても、俺の魔力は多少残るだろう。その魔力量を、クライドとの戦闘時に調整する』

『うう……!!　攻撃魔術はともかくとして、結界は私に下さったものと同じくらいの守護石をお使いになってくださいね!?　危ないので……!!』

シャーロットが不安になるのを安心させるように、大きな手が頭を撫《な》でてくれた。どきどきして却《かえ》って落ち着かないのだが、そのことは口に出さずにおく。

『俺の魔力を減らす方法を、君の神力封じにしておく利点も大きい。――ランドルフ殿下のときに君がしてくれた、「あれ」が使えるからな』

『が、ががが、頑張ります……！』

オズヴァルトが何を指しているのか、シャーロットも理解はしている。けれども思い出した光景に、思わず息も絶え絶えになってしまった。

（それから、気になるのは……）

シャーロットがこの方法を提案してから、オズヴァルトはずっと難しい顔をしている。

『シャーロット』

『？』

その理由が分かったのは、その手がシャーロットの頬を撫でてくれたときだった。

『君の記憶が失われたのは、恐らく以前の君が用いた魔術によるものだろう。だが、最初に俺たちが想定していた、「神力封印がきっかけ」という可能性も皆無ではない』

オズヴァルトの言葉に、シャーロットは目を丸くした。

『神力の再封印を行なって、君の記憶がまた消える恐れもある。……それはもう、怖くないのか？』

『オズヴァルトさま……』

シャーロットだって、もちろんそれは覚えている。

数か月前の夜会の日、オズヴァルトに神力を封印し直してほしいとねだったとき、シャーロットは怖くて震えていた。

記憶を失ってしまえば、シャーロットにとって唯一の宝物が消えるからだ。

（オズヴァルトさまへの恋心だけが、私の持っているただひとつでした）

あの夜だけのことではない。

記憶を失う以前から、今日のたった今に至るまで、そんな想いは変わっていない。けれどシャーロットの胸の中に、数か月前のような恐怖は無かった。

『……怖くはありません、オズヴァルトさま！』

『！』

大好きな人を間近に見上げ、シャーロットは微笑む。

『たとえ記憶がまっさらに消えても、オズヴァルトさまへの恋心だけは消えないのです。いまの私には、それがはっきりと分かっていますから』

『……シャーロット』

『一番大切なのは、オズヴァルトさまがご無事で居てくださること！　ですからお願いです、私の神力を……ひゃんっ!!』

啄《ついば》むようなキスを与えられ、思わず変な声を上げてしまった。くちびるに重なっただけのキスのあと、オズヴァルトはシャーロットにやさしく囁《ささや》く。

『……もう一度、最初のようにねだってくれ』

『う、うう……!!』

震えるような感情に苛《さいな》まれるも、オズヴァルトに願われたことへの幸福が勝る。

（『恐れ多い』よりも、『嬉《うれ》しい』と素直に感じる気持ちの方が、前より少しだけ大きくなっています。オズヴァルトさまが、たくさん言葉を尽くして下さったから……）

その慈《いつく》しみに応《こた》えたくて、シャーロットは先ほどの懇願を繰り返す。

『……私にキスをしてくださいませ、オズヴァルトさま……』

するとオズヴァルトは目を伏せて、柔らかな微笑みをひとつくれた。

『──もちろんだ』

こうしてシャーロットとオズヴァルトの舌には、新たな陣が刻まれたのである。

「オズヴァルトさま……」

大神殿の聖堂前に立ち、クライドと対峙するオズヴァルトを見下ろすシャーロットは、策略の成功に深く息を吐いた。

(クライドさまの魔術が発動しても、オズヴァルトさまの魔力が暴走していません！　耐えていらっしゃいます、これならば……)

「物理攻撃を警戒しないのは、魔術師の悪い癖だな」

拳を握り締めたオズヴァルトが、それをクライドのみぞおちに叩《たた》き込む。

「ぐ……っ!!」

シャーロットにも聞こえるほどの鈍い音と共に、クライドの体が後ろへ飛んだ。

「か、は……っ」

腹部に叩き込まれた衝撃に、クライドは息を呑む。

受け身を取るのが遅れ、広場の石畳に身を打ち付けた。クライドを殴り飛ばしたオズヴァルトが、左胸を押さえて顔を歪める。

「………っ」

（見たか、オズヴァルト……!!）

いくら魔力暴走を抑え込もうと、ダメージが皆無なはずもない。

挙句にあの男はいま、ほとんど魔力を残していないのだ。

（魔力暴走の対策といえど、魔力は生命の源だ。枯渇寸前の状況まで追い込めば、心身への負荷は相当なものとなる……！）

オズヴァルトに痛みを与えた喜びで、クライドは笑った。

あの男はシャーロットを奪った敵であり、苦しめて死なせるべき存在だ。

（邪魔なあいつが消えればいい！　そうすればロッティ、君も必ず思い出す。またあのときのように、俺の痛みを癒《いや》してくれる）

そう思えば、殴られた痛みも大したものではない。魔力が枯渇しそうなオズヴァルトに対して、クライドはまだ半分ほどを残しているのだ。

（オズヴァルトの身に付けた守護石は、残り五つ。あれをすべて砕き終わろうとも、オズヴァルトひ

とりを殺せる程度は残る)

ゆっくりと立ち上がり、オズヴァルトの前に手を翳《かざ》した。

クライドが雷を放とうとしたそのとき、美しい声が空《くう》を裂く。

「オズヴァルトさま……!」

「!!」

シャーロットが叫んだ声に、クライドは耳を疑った。

階段を見遣れば、シャーロットがこちらに駆け下りてくる。けれどもそれは、クライドの元へ駆け付けるためではない。

彼女の瞳は泣きそうで、浮かんだ涙が揺れていた。迷いなく、真っ直ぐに駆ける。

クライドの心臓は、痛みを覚えるほどに強く締め付けられた。

(……あの水色の瞳には、オズヴァルトしか映っていない)

そのことが、痛烈に理解できてしまったのだ。

(いいや、記憶が、無いだけだ……!! いずれ俺のことを思い出す。彼女だって記憶を失う前は、俺と出会ったあの日のことを、大切な出来事として想っていたはずで……)

果たして本当にそうだろうかという迷いが、ちりっと音を立てて焦げ付いた。

オズヴァルトは走ってくるシャーロットに向けて、それを制する声を上げる。

「シャーロット……! まだ不要だ、もうしばらく安全な場所にいろ!」

「いいえ!! 今すぐに、あなたを……」

オズヴァルトとシャーロットは、お互いに何よりも相手を優先し、相手のために言葉を発していた。

(手に、入らない)

クライドの頭から、ゆっくりと血の気が引いてゆく。

(ロッティは、俺のものにはならない。俺だけの痛みを癒し、微笑む存在にはなってくれない)

そんな事実を噛み締めると同時に、シャーロットの目の前に転移する。

突然現れたクライドに、シャーロットが正面からぶつかった。

「きゃ……っ!!」

「シャーロット!!」

「手に入らない、くらいなら」

その華奢な体に手を伸ばし、強く抱き締める。

「離して、くださ……っ」

体に残った魔力のうち、その全てと言える量を注いだ。

浮かび上がった魔法陣は、先ほどオズヴァルトに向けたものと同じだ。

「誰かに壊されるくらいなら。君を」

オズヴァルトのような枯渇とは違う。シャーロットの神力は封じられているだけで、その体の中に眠っている。

「――俺自身がここで、壊してしまおう」

「…………っ」

その瞬間、クライドの使った魔力暴走の魔法陣が、シャーロットを包み込むように発動した。


（ようやく事態が始まったか）

大神殿での光景を、その人物は鏡越しに眺めていた。

腰まである長さの銀髪を、手で梳《す》くようにして耳に掛ける。兄弟たちと同じ赤色の瞳を眇め、聖女シャーロットの状況を観察していた。

（シャーロット自身の治癒魔術で、魔力暴走を鎮めることは可能だが。……あれは昔から、自身を治癒することは不得手だからな）

幼い頃から、最も傍《そば》でシャーロットを見てきた。鏡の向こうで現在起こっている出来事は、昔から仕掛けていたことのひとつに過ぎない。

（『あのとき』俺の傷を治したシャーロットの存在が、いずれこの国にとっての障害になる。国々が聖女を狙って攻め込み、それが戦争の理由になる——国益のために獲得した聖女の所為で？　馬鹿馬鹿しい）

ふんと鼻を鳴らし、鏡の中の光景を眺める。そこではクライドがシャーロットを抱き締めて、暴走魔法の魔術を発動させていた。

（父上はシャーロットをオズヴァルトに守らせることで、他国が簡単には手出し出来ないようにして処理をなさった。……だが、そんなものは生ぬるい）

現にこうして他国から、聖女を奪うための人間が送り込まれたのだ。もっとも、そこに『クライド』が選ばれたのは、計算していた通りではある。

「――さあオズヴァルト。暴走を止めに行け」

自分たちの末の弟が、人の情を無視できない人間であることも分かっていた。

シャーロットを妻として傍に置けば、あれは必ずシャーロットの本質を見抜くだろう。本気で愛し始めたのは想定外だが、喜ばしい誤算でもある。

「お前が命を懸けて、シャーロットを守ってやれ」

そしてそのままシャーロットが死に、オズヴァルトも弱って大人しくなるのが好都合だ。

シャーロットへの魔力暴走の陣が輝き、鏡越しに瞬《またた》く。だがそのとき、それ以上に鮮烈な光が走った。

「――――！」

驚いて思わず目を瞠《みは》る。

クライドの体が、シャーロットの傍から弾き飛ばされたのだ。

「なんだ？」

聖女に攻撃魔術は使えない。シャーロットの細い腕が、大の男を突き飛ばせるはずもない。

しかしその事態が起きた理由は、すぐさま明らかになる。

「……宝飾品のように偽装された、守護石か」

シャーロットが身に付けていた、耳飾りや指輪といった無数の石が、一斉に爆ぜてシャーロットを守ったのである。

「馬鹿げているほどに、夥《おびただ》しい数だな」

想像以上の過保護ぶりに、くっくと喉を鳴らした。

どうやら末の弟は、この国にある最上級の守護石を、すべてシャーロットの元に集めたようだ。

「俺が仕込んだ魔力暴走の陣は、そんなものでは簡単に防ぎきれないぞ。シャーロットの奥底に封じられた神力が、多少なりとも暴れ始める」

鏡を見据え、小さく呟《つぶや》いた。

「さあ。どう出る？」


「シャーロット！」

（っ、オズヴァルトさま……！）

凄まじい力が渦巻くのを、シャーロットは強く感じていた。

（いただいた守護石が、守ってくれました……！　魔力暴走の魔術が、完全に発動する前に、陣を引き剥《は》がせましたが……)

それでも、完全に影響が無いとは言えないようだ。

(体の中で、神力が暴れ回っています!! 神力自体は、オズヴァルトさまに、封じられていますのに。その封印の下で渦を巻いて、濁流を作っているかのような……っ)

クライドから受けた魔術の力が、心臓を覆うように脈動している。恐らくは先ほど、オズヴァルトを苦しめた痛みと同じものだろう。

(……オズヴァルトさまと、お揃《そろ》いの痛み……)

震える体を押し留《とど》め、シャーロットは虚勢の笑顔を作る。

(そう思うと、平気で、我慢できますね……!!)

「……ロッティ……」

座り込んだクライドは、守護石の破片で血だらけだ。魔力も枯渇寸前となっており、その姿が痛ましい。

「ごめんなさい、クライドさま……」

「……どうして……あなたのその様子。俺が、あなたの魔力暴走を目論《もくろ》むことまで、予測していた?」

「そうせざるを、得ない場所に、あなたを誘い出してしまいました。ここで戦えば、あなたは私とオズヴァルトさま、それぞれの暴走を狙うしかなくなります……」

この広場は現在、強固な結界で覆われている。

外の攻撃から守るためではない。中に閉じ込めたクライドを、転移で外に出さないためだ。

こうしておけば、外にいる無関係の人々を巻き込んで、魔力暴走を起こさせることが出来なくなる。

「だが、ロッティ」

「うあ……っ!?」

体の中で暴れる苛烈な力に、シャーロットは自身の体を抱き締めた。

「暴走する魔力がほとんど無かったオズヴァルトと、君は、違う。封じられている神力が、その封印を押し破ってでも、暴れ出す」

「う、うー……っ!!」

「オズヴァルトは、君を危険に晒《さら》した……!!　君を犠牲に、こうやって」

「……いいえ！」

その言葉を明確に否定して、シャーロットは手を伸ばす。

「オズヴァルトさまは、託して下さっているのです……！」

「!?」

震える指を伸ばした先に、掴んでくれる人の手がある。

いまにもくずおれそうなシャーロットを、彼が強く抱き締めてくれたのだ。

「オズヴァルトさま……！」

「――シャーロット」

やさしい声が、名前を呼んだ。

そうしてシャーロットに口付けをくれる。

オズヴァルトにくちびるを開かされ、熱い舌が触れ合うキスと共に、シャーロットの中に透き通った力が溢れた。

「んん……っ」

封じられていた神力が、一気に解き放たれるのを感じる。

数か月前と同じだ。新たな陣を刻む封印と違い、こうして陣を触れ合わせることでの封印解除や再封印は、オズヴァルトの魔力が足りていない状況でも行うことが出来る。

（神力が、満ちて……）

シャーロットの脳裏に、断片的な光景がいくつも過《よ》ぎる。

幼い頃、小さな男の子を治癒したこと。そのしばらくあとに戦争へ行って、知らない国に差し出されたこと。

銀色の髪を持つ少年と、その止血をするようにと命令する言葉。腕の無くなった肩口に治癒を捧《ささ》げると、失われた指先までが無事に戻ったこと。

その少年に、これまで誰かを治したことがあるかと尋ねられ、数日前に助けた男の子を思い出した。

やがて月日が経ち、腕を治した少年が青年になって、シャーロットに魔術をひとつ教えてくれる。

そんな光景が、ひとつずつシャーロットの前で再生されてゆく。

（頭が、割れそうです……！）

腰に回されたオズヴァルトの手が、シャーロットをぐっと支えてくれた。くちびる同士が離れた瞬間、見ていたクライドが叫ぶ。

「ロッティ、馬鹿なことを……！」

（……クライドさまは）

たったいま目の当たりにした光景が、シャーロットの眼前で重なった。

（小さな私が出会っていた、お友達だったのですね……）

それを忘れてしまっていたことを、心から申し訳なく感じた。

謝罪の言葉を述べたかったが、体内の強い衝動によって阻まれる。

「う、あ……っ！」

「魔術が、不発に終わったとはいえ……！　神力は、暴走の兆《きざ》しを見せている。その状況で、神力の封印を解除すればどうなるか……！」

「シャーロット」

抱き締めてくれるオズヴァルトの声が、あやすような甘さで囁いた。

「すまない。……君に、辛《つら》い思いをさせている」

「っ、いいえ……！」

必死に首を横に振る。

この方法をオズヴァルトに提案したのは、他でもないシャーロットだ。

（魔力暴走の魔術を使うクライドさまから、聖都の方々を守って戦う方法。オズヴァルトさまも私も死なずに、クライドさまを退けるためには……）

シャーロットは短く息を吐き、治癒魔術のための祈りに集中する。石畳に座り込み、血を流すクライドが、その様子を見て悟ったようだ。

「聖女の治癒によって、神力の暴走を抑えるつもりか……!?」

(私がここで、小規模でも暴走を起こしてしまえば……)

神力解放のための口付けが終わっても、オズヴァルトはシャーロットを離さない。オズヴァルト自身も苦しいはずなのに、やさしく頭を撫でてくれる。

(抱き締めて下さっているオズヴァルトさまも、無事ではいられません。……絶対に、私自身への治癒を、成功させます……!)

きつく目を閉じ、オズヴァルトに縋《すが》り付いてシャーロットは祈る。けれども神力は荒れ狂い、ちっともシャーロットに従わない。

どくんと強く脈打って、心臓が軋《きし》む心地がした。

「っ、あ……!!」

強い衝動に押し潰されそうになったとき、やさしい声が聞こえてくる。

「……シャーロット」

(オズヴァルト、さま……)

シャーロットを信じてくれるオズヴァルトから、落ち着かせるように名前を呼ばれた。

けれども頭を揺さぶられるような、立っていられないほどの衝動が体の中で暴れ、呼吸すら上手に出来そうにない。

幼い頃のオズヴァルトは、この苦しみの中に居たのだ。

そのことを思うと泣きたくなって、シャーロットは懸命にオズヴァルトに縋った。

「ごめんなさい、オズヴァルトさま……！」

魔力暴走の治癒に必要な神力を、手繰《たぐ》り寄せることが難しい。

(他のどなたかを治癒するときは、その方のために祈れます。それなのに、自分自身に向けようとすると……!!)

心のどこかで、『シャーロット』の声がする。

『――命令に逆らえないことを言い訳にし、多くの人を見捨てた私が、自分のためには神力を使うのですか？』

(…………っ)

オズヴァルトの上着を握りしめたのは、こちらに引き寄せるためではない。シャーロットの暴走に巻き込まれないよう、彼に離れてもらうためだ。

けれどもオズヴァルトは、すべて見通したように笑う。

「大丈夫だ。シャーロット」

「……っ」

シャーロットの前髪を指で梳き、露《あら》わになった額に口付けをされた。

「君が何度も、俺に教えてくれたことを」

「……オズヴァルト、さま……？」

「俺も、君に証明し続けよう」

頬にも柔らかなキスを落とされて、左胸が切なく疼《うず》く。


「君が生きていてくれると、俺は嬉しい」

「……！」


痛みの上に、オズヴァルトと共に居ることへの喜びが重なった。

「君と違って、俺が望むのはそれだけではない」

「オズ……ッ」

「君が傍に居てくれなくては、俺はきっとまともに生きてはいけないだろう」

シャーロットにそれを言い聞かせるように、オズヴァルトはキスをくれる。

指で触れ、やさしく撫でる。

大切だ、愛おしいのだと、くちびるや手のひらで雄弁に教えてくれた。

「俺の大切な君のことを、君自身も大切にしてくれないか」

「……！」

シャーロットの頬をやさしく撫でて、オズヴァルトがひとつの魔法を唱える。

「俺が君を愛しているのだと、知ってくれ」

「オズヴァルト、さま……」

そうして最後はくちびるに、触れるだけのやさしい口付けを落とした。

(……私を蔑《ないがし》ろにすることは、オズヴァルトさまを悲しませること。……オズヴァルトさまはこうやって、それを教えて下さっています……)

それならばシャーロットは、それに応えなくてはならない。

(私は、オズヴァルトさまを幸せにしなくては、なりません)

数日前までは、この事実が震えるほどに恐れ多かった。

けれどもいまは心から、こんな風に思える。

(オズヴァルトさまの、妻として……!)

背伸びをし、自分からオズヴァルトに口付ける。驚いたらしきオズヴァルトが、それでも強く抱き締め直してくれた。

その瞬間に、体の中で力が溢れる。

「~~~……っ」

衝撃に意識が攫《さら》われそうになり、オズヴァルトに抱き付いて心を保つ。あまりにも強い治癒の力は、甘い毒のように痺れるらしい。

「……シャーロット」

「っ、んん……!!」

口付けをもらって必死に耐える。シャーロットから溢れそうになっている神力を、オズヴァルトが奪ってくれているのが分かった。

自分の中にある神力を、キスを通してオズヴァルトに差し出す。以前も行なったことのある力の譲渡で、枯渇寸前だったオズヴァルトの魔力が補われてゆく。

泣きたくなるような幸福の中、シャーロットは小さな声で紡いだ。

「……私も、あなたを愛しています」

遠くから見ているだけの憧れや、甘さを楽しむだけの恋心ではない。

何もかもを与えたいと願い、それが出来ないのであれば生きていけないと感じるような強い感情が、シャーロットの中で鼓動を重ねた。


「私の大切な、オズヴァルトさま……」


荒れ狂う神力の濁流が、いっそう強く躍動した。

けれども直後、空を映す湖のように静まり返る。それと同時にシャーロットの背後で、石畳が砕けるほどの音がした。

「……っ!!」

オズヴァルトの腕の中で振り返れば、そこには氷の檻《おり》がある。

シャーロットを片手に抱いたオズヴァルトが、もう片方の手を宙に翳し、クライドを拘束して捕らえたのだ。

項垂れて座り込んだクライドを見て、シャーロットは駆け出そうとする。

「っ、クライドさまの治癒を、しませんと……！」

「シャーロット」

オズヴァルトに腰を抱き寄せられ、耳元でこんなことを教えられた。

「必要ない」

「ですが、砕けた守護石で血だらけに……！」

「よく見てみろ」

そう言われて檻の中のクライドを見れば、傷跡はすべて塞《ふさ》がっているようだ。

血で汚れているのは肌や衣服だけで、新しい流血がある訳でもない。

「君が先ほど、君自身に施そうとした治癒魔術が、辺りのものを手当たり次第に治したんだ。……見ろ、石畳の下で死滅していたらしき草花も影響を受けて、こんなことになっている」

「あ……」

言われてみれば足元は、色鮮やかな春の花々でいっぱいになっていた。石畳の隙間を抉《こ》じ開けるようにして、瞬時に花を咲かせたらしい。

シャーロットはぎゅっと両手を握り込むと、クライドを見据えて口を開く。

「クライドさま。……私は……」

「ロッティ」

シャーロットの謝罪を遮るかのように、クライドがぽつりと声を漏らした。

「……あなた自身を治すことも、上手に出来るようになったのですね」

その言葉に少し驚くも、シャーロットはゆっくりと頷いた。

「自分のことを大切にしても良いのだと、オズヴァルトさまが私に教えて下さいました。……私の、旦那さまです」

「……俺があなたに望むことは、俺を大切にしていただくことばかりでした。俺の妻にし、あなたに許され、癒されたいと」

クライドが自嘲の笑みを零《こぼ》し、それから自身の前髪をくしゃりと握り込んで、視線を落とす。

「だからせめて、今からでも祈らなくてはなりません」

「……？」

「オズヴァルト殿と、お幸せに」

シャーロットは思わずオズヴァルトを見上げる。赤い瞳はシャーロットを見詰め、頷いてくれた。

だから、シャーロットはクライドに答える。

「クライドさま。あなたもどうか、ご自身を大切になさって、お幸せに」

「！」

クライドの口元に浮かんでいた自嘲が、穏やかでやさしい微笑みに変わる。

「ありがとうございます。……『シャーロット』」

やがて大神殿前の広場には、オズヴァルトの部下たちが踏み込んでくる。

シャーロットは彼らへの挨拶《あいさつ》をする暇もなく、オズヴァルトにやさしく抱き上げられて、宿にてしっかりと療養をさせられたのだった。


第一王子アンドレアスは、執務机でゆっくりと茶を飲んでいた。

本日聖都で騒ぎが起き、それは迅速に処理されたと、弟のエミールから報告を受けている。五人いる弟のうち、アンドレアスに容姿のよく似た『双子』の弟ニクラスよりも、このエミールの方が使い勝手が良い。

双子といえど能力が似ているとは限らないことを、アンドレアスはよく知っていた。

（俺がある程度関与していることを、エミールは察しているだろう）

そんな些細なことを思い浮かべ、目を眇める。

（エミールだけではない。当然、此奴《こやつ》も……）

「――アンドレアス殿下」

背後から聞こえてきたその声に、アンドレアスはくっと喉を鳴らした。

「不敬だな。オズヴァルトよ」

カップを置き、椅子の肘掛《ひじか》けに頬杖をついた。目を伏せて、末の異母弟の名前を呼ぶ。

「臣下《おまえ》ごときの入室を、無言で許可した覚えはないぞ」

「このような無礼を働きましたこと、心よりお詫び申し上げます」

後ろに立ったオズヴァルトの声には、詫びるような殊勝さなど感じない。この異母弟は静かに、それでいて深く憤っていた。

幼い頃は父王や他の兄弟に反抗し、その度に気を失うほど仕置きをされていたのを思い出す。

成長するにつれ、あの愚かなほど素直な怒りはなりを潜《ひそ》め、ただただ炎のように燃え盛る双眸《そうぼう》を向けるだけになっていたはずだ。

そんな異母弟に向けて、アンドレアスは敢えて尋ねてやる。

「何をしに来た？　オズヴァルト」

「…………」

ランドルフやニクラス辺りの弟であれば、怯《ひる》んで何も言わなくなっていただろう。

しかし、未《いま》だ王子の身分であることすら世に明かされていない身の上のオズヴァルトは、臆することなく口を開くのだ。

「恐れながら。――アンドレアス殿下に向けての、宣戦布告を」

「ほう？」

随分と面白いことを言う。

そう思い、滑らかに回転する椅子ごとゆっくり振り返ってやれば、オズヴァルトは静かにこちらを見据えていた。

「シャーロットについては、私が国王陛下から一任いただきました。私は生涯、彼女の傍から離れることはないでしょう」

「実に素晴らしい心掛けだな。この国を守る騎士として『悪虐聖女』を監視し、民に安寧を約束してやれ」

「俺が何よりも守り抜くべき存在は」

オズヴァルトは双眸に灯《とも》る炎のようなその憤りを、ますます深いものにする。

「我が妻、シャーロットです」

「…………」

アンドレアスは、くちびるだけで笑った。

「これは確かに、宣戦布告のようだな」

「シャーロットの存在が他国からの脅威を呼ぶとお考えなのであれば、私は彼女を連れてこの国を出ますが？」

「なるほど。殺して始末するよりも穏便だが、将来の敵対という不安要素は残したままだな」

「…………」

オズヴァルトが、どこか冷静さを感じさせるまなざしを向けてきた。

その冷ややかさこそがむしろ、手段を選ぶ気はないのだという覚悟を窺《うかが》わせる。

アンドレアスにとって、オズヴァルトがこれほどまでにシャーロットを愛するようになるとは、つくづく想定外の状況だ。

シャーロットを殺して処分するつもりだったことを、オズヴァルトは見抜いているだろう。

その際にオズヴァルトが命懸けで止めようとすれば、もちろん無事で済むはずもなく、シャーロットの死後のオズヴァルトの反逆も抑制できる。

「本当に、この先も守り続けると？」

アンドレアスの判断を、オズヴァルトは見抜いているはずだ。

「お前との結婚を、泣いて嫌がる女だぞ」

意地の悪いことを聞いてやる。

シャーロットの本心がどうであろうと、客観的な事実は変わらない。

「……シャーロットが俺の所為で流した涙は、俺の手では受け止めきれないほどでしょう」

「ほう？」

意外なことにオズヴァルトには、こちらの挑発に乗る気配がなかった。

「だからこそ傍で守ります。――この先に彼女が流すすべての涙を、幸福によるものにするために」

「……」

アンドレアスは笑い、再びオズヴァルトに確かめる。

「そのために、国をも敵に回す気だと？」

「世界であっても構いません」

答える声に迷いはなく、強い覚悟を感じさせた。

「シャーロットを傷付けないことさえお約束いただければ、私は永遠にこの国の忠実な臣下です。……そのことをくれぐれも、お忘れなきよう」

「……臣下、か」

アンドレアスは小さく笑い、目を伏せる。

「王になどなるものではないぞ。オズヴァルト」

「……？」

「想っていた女ですらも、娶《めと》らないどころか、国益のために切り捨てるべきだと判断をする日がくる」

自身の手のひらを見下ろして、一度握り込み、それを開いた。

かつて戦場で失い、ひとりの少女によって再び与えられたこの腕を、アンドレアスは時々眺めることがある。

だが、ただそれだけだ。

「父の命令によって、俺は戦場から退いた。戦慣れしたお前を手放すのは、我が国にとっても損失かもしれないな。……聖女についても」

「……殿下」

「お前たちがこの国の忠実な臣下である限り、俺もその婚姻を『祝福』してやろう」

そう告げると、オズヴァルトは一礼した。

「そのお約束。今後も守っていただけることを、心より願っております」

「ふ。本当に今日のお前は、俺に対して不敬だな」

そう告げると、オズヴァルトはアンドレアスを一瞥してから転移する。常識的に振る舞う普段のオズヴァルトからは、考えられない態度だ。

(まるで、恋仇を睨むかのような顔をする)

嘲笑《ちょうしょう》したアンドレアスは、小さな声で呟いた。

「まあいい。これからせいぜい、幸福に過ごすことだな。……シャーロット」

我ながら、随分と穏やかな声が出たものである。

そんなことを考えて微笑んだアンドレアスは、カップの中身を飲み干したのだった。

エピローグ

大神殿の聖堂には、ステンドグラス越しに荘厳な光が注いでいた。

見事な細工の彫刻が立ち並び、天井には神話の描かれたその場所で、シャーロットはオズヴァルトの傍《かたわ》らに立っている。

花びらのように透き通って清廉なドレスに身を包み、左手はオズヴァルトの腕に触れて、恭《うやうや》しく目を閉じていた。

「シャーロット・リア・ラングハイム」

司教の声が、ゆっくりとシャーロットに尋ねる。

「あなたは夫オズヴァルトに捧《ささ》げる愛の名のもと、揺るがぬ制約を結ぶ覚悟がありますか？　時の流れによっても消え失せぬ永遠の絆《きずな》、それを心より誓うとき、神々はこの婚姻を祝福するでしょう」

紡《つむ》がれる言葉のひとつひとつに、魔術の術式が組み込まれているのが分かる。神秘的な空気の満ちている聖堂内で、シャーロットはオズヴァルトを見上げた。

（オズヴァルトさま……）

やさしいまなざしに見下ろされて、くちびるが綻ぶ。

数日前、初めてここに来たときとはまったく違う、幸福な感情が心を満たしていた。

シャーロットは真《ま》っ直《す》ぐに司教を見据えると、くちびるで紡ぐ。

「私は――――……」


『――恐らくは、私が自分に魔術を掛けたのです。誰とも正式な婚姻が結べないよう、婚姻の祝福を拒む魔術を』

クライドを氷の檻《おり》に捕らえたあと、オズヴァルトと共に宿に戻《もど》ったシャーロットは、治癒《ちゆ》が完全に効いたことを確認された後にそう告げた。

今頃はきっとオズヴァルトの部下たちが、然《しか》るべき手続きによってクライドを勾留してくれている。

オズヴァルトは、休暇中であろうとも本来それを指揮する立場だが、彼は部下たちに告げたのだ。

『妻は他国からの諜報《ちょうほう》員を捕らえるため、その身を犠牲にして協力してくれた。よってこれより連れ帰り、治療を行う』と説明し、シャーロットの傍《そば》についていてくれた。

『……婚姻の祝福を拒む魔術は、確かに存在する。戦争のやり方がもっと野蛮だった時代、王女や貴族の令嬢が身を守るために、それらを習得することもあったそうだが……』

『オズヴァルトさまと見た映像の中で、王子殿下が「魔術を教える」と仰《おっしゃ》っていましたよね？　かつての私があそこで得たのが、恐らくはこの魔術です』

神力の封印が解除された際、シャーロットはかつての光景を見た。

いくつも溢《あふ》れてきた映像に、クライドや王子の姿があったのだ。その中には、あの映像でよく聞き取れなかった、王子に魔術を教わる場面も紛《まぎ》れていた。

『──これは、お前自身がお前に掛けるべき魔術だ。一度で覚えろ、いいな──……』

あのとき目の当たりにした映像を思い出しながら、シャーロットは告げる。

『オズヴァルトさまに教えていただいた通りでした。あそこに映っていらしたのは、第二王子ニクラス殿下ではありません』

かつてのシャーロットは、小さな声で目の前の王子を呼んだのである。

『あのお方はこの国の第一王子、アンドレアス殿下です。オズヴァルトさまと並び立つお力を持つとされる、強力な魔術師で……』

『──ニクラス殿下の双子の兄君。姿だけはニクラス殿下と瓜二《うりふた》つの、次期国王候補だ』

その第一王子アンドレアスが、かつてのシャーロットに手を貸していた。

偽造された最初の映像では、敢《あ》えてニクラスの名前を出したのだろう。

かつてのシャーロットは、記憶を失ったあとの自分が再びアンドレアスの力を借りないよう、関わりを覆い隠そうとしたのかもしれない。

『今回のクライドの動きには、不可思議な点が多々ある。……聖女を取り戻すための諜報と工作に、君の母国はクライドを選んだが、偶然にしては出来すぎだ』

『幼い私と関わりを持ったお方が、私を取り戻しに来たのですものね……』

『それに、奴《やつ》は君の記憶喪失を知っていた』

シャーロットも大きく頷《うなず》いた。

クライドがシャーロットの夫を自称し、その嘘《うそ》を利用して連れ帰ろうとした策略は、シャーロットの記憶があれば成立しない。

『かつての君は、王族による契約魔術から逃れるために記憶を手放した。そして映像の中のアンドレアス殿下は、それを見抜いていらっしゃるご様子だったな』

『はい。それなのに止めるご様子もなくて、すごく違和感がありました』

シャーロットが契約魔術から自由になれば、この国の王族であるアンドレアスにも不都合なはずだ。

しかしアンドレアスはそれを見逃し、結果としてシャーロットは、強制の魔術から解放されている。

『クライドさまを雇われたのは、あくまで私の母国かもしれません。……ですが、さらにその裏側で手を引いていたのは、やはりアンドレアス殿下であらせられる可能性が……』

『……エミール殿下も、概《おおむ》ね同様のご意見だ』

映像に映っていたのがアンドレアスであろうことは、エミールもすぐに推測していた。

だからこそクライドを捕らえることに、王位継承権争いの一環として手を貸してくれたのだ。

『エミール殿下のお力添え、とっても心強かったですね！　大神殿の周りに強固な結界が張れたことで、無関係の方が巻き込まれる心配がありませんでしたし！』

『……エミール殿下のご命令でその結界を張らされた「あのお方」は、大層ご不満そうだったがな』

『そうでしょうか？　私には、オズヴァルトさまに頼られたことへの照れ隠しがあるようにも見えましたけれど……』

『自分を害したことのある人間に対して、君は寛容すぎるんだ』

そんなつもりはないのだが、深くは言及しないでおく。

結界魔法を得意とする「あの王子」は、エミールによって引き続きの謹慎に戻ったそうだ。

『……シャーロット。君をひとりにして悪いが、この後少し出掛けても構わないか？』

『？　はい、もちろんです！　オズヴァルトさまのお帰りを待って、いい子にお留守番をしておりますので!!』

『すまないな』

そう言って苦笑したオズヴァルトを見て、シャーロットは内心で考える。

（オズヴァルトさま。ひょっとして、アンドレアス殿下に会いに行ったりなさるおつもりでは……？）

シャーロットを狙ったことに対して、何か物申す予定ではないだろうか。そんな予感がひしひしとして、オズヴァルトのことをじーっと見つめ続けた。

『そんなに見詰めなくとも、危険なことをしに行く訳じゃない』

（むむ。やはりアンドレアス殿下のところに行くおつもりで、私がそれを予想していることもお気付きのようですが……）

それでもシャーロットは信じている。

オズヴァルトはきっと、シャーロットを留守番させた状態で、帰って来られなくなるかもしれないような危険なことはしないはずだ。

『……ともあれ、シャーロット』

『ひゃっ』

オズヴァルトに強く抱き締められて、シャーロットは思わず声を上げた。

驚いて緊張はするものの、以前ほど強張《こわば》っていない自覚がある。オズヴァルトにもそれが伝わったのか、彼自身も安堵《あんど》したようにシャーロットを撫《な》でた。

『もう一度、改めて告げるべき言葉がある』

『な、なななな、なんでしょう⁉』

『……俺の体に流れる血が、君を争いに巻き込んだ。それでも俺は、君に願ってやまない』

少しだけ体が離れたかと思えば、赤い瞳に覗《のぞ》き込まれる。

そうしてオズヴァルトは、囁《ささや》くようにシャーロットへと尋ねた。


『俺を、君の夫にしてくれるか？』

『……‼』


求婚のようなその言葉に、シャーロットは大きく頷いた。

『オズヴァルトさま、だけです』

声が震えてしまう中、やさしい指がまなじりに触れる。

涙が溢れていることを、シャーロットは自覚できなかった。それでもオズヴァルトが気が付いて、拭《ぬぐ》ってくれる。

『……私の、世界で何よりも大切な、愛する旦那さま……』

その幸福に、どうしても泣いてしまうのだった。

シャーロット自身が掛けた『魔法』は、オズヴァルトの言葉によって解くことが出来た。

祝福を拒むための魔術をほどき、美しいドレスに着替えて髪を編み、もう一度大神殿へと向かう。

聖堂への扉が無事にくぐれたとき、シャーロットは嬉《うれ》しさのあまり飛び上がって、オズヴァルトに抱き付いてしまった。

驚く司教を前に、全力の『ステイ』を指示されたが、そのあとのオズヴァルトの表情は宝物だ。嬉しそうに笑ってくれた彼の姿を、心に焼き付けて忘れない。

そうしていま、聖堂内で司教に宣誓を問われたシャーロットは、オズヴァルトに見守られながらまっすぐに答える。

「――誓います」

オズヴァルトの腕に添えた手へと、ほんの僅《わず》かに力を込める。

「私は今後永久に、ここにいらっしゃるオズヴァルトさまの妻であると」

「……シャーロット」

きらきらした瞳でオズヴァルトをまた見上げ、シャーロットは微笑《ほほえ》む。

オズヴァルトがぐっと眉根を寄せ、それから少しだけ困った顔をしたあとに、どうしようもなく愛《いと》しいのだと言いたげに苦笑した。

（オズヴァルトさまの、笑ったお顔……）

それがあんまりにも大好きで、左胸が柔らかく締め付けられた。司教がこほんと咳払《せきばら》いをし、その右手を上げる。

「――ここに誓約が交わされ、強固なる婚姻が結ばれました。これより、神々の祝福が舞い降ります」

（……あ）

そうして視線を上げたあと、シャーロットは思わず瞬《まばた》きをする。

聖堂の高い天井には、神々の時代が色鮮やかに描かれていた。それだけでも見惚《みと》れるほどだが、上からは柔らかな光の雪が、ゆっくりと穏やかに降り始めたのだ。

「これが、婚姻の祝福……」

「そうだな」

オズヴァルトがシャーロットの頭を撫で、笑って言った。

「俺たちの結婚を、祝福する光だ」

「……!!」

その言葉に、喜びの感情がいっぱいに溢れる。

王によって命じられたふたりの結婚は、『シャーロット』自身にも疎《うと》まれた。オズヴァルトにとっても不本意で、最初はそうやって始まったものだ。

周囲に隠す必要がある婚姻は、公表してからも大半に眉を顰《ひそ》められる。ハイデマリーやイグナーツは応援してくれたものの、それでもやっぱりどうしても、『祝福』からは程遠い婚姻だ。

(ですが、それでも……)

こうして隣に立っていられることが、いまのシャーロットには純粋に嬉しい。

嬉しいと感じられることが幸せで、怖くないことこそが恐ろしかった。

かつてのシャーロットが逃げ出したかった気持ちだって、もちろん手に取るようによく分かる。だが、オズヴァルトが望んでくれたのだ。

「私を妻にしてくださって、ありがとうございます。オズヴァルトさま……!」

光の中でそう告げると、オズヴァルトが眩《まぶ》しそうに目を眇《すが》めた。

「……礼を言うのは、俺の方だ」

そうして再び彼の手が伸び、シャーロットに触れる。

抱き締められて、耳元に優しい声が響いた。

「これから先の俺の幸福は、すべて君によって作られる」

「！」

触れるだけの口付けが落とされたのを、司教は見ないふりで居てくれた。

シャーロットは気絶しないように気を付けながら、恥ずかしさに抗《あらが》いつつも背伸びをする。

こつんと触れたのは、くちびる同士ではなく互いの鼻先だった。人前ではこれがシャーロットの精一杯で、子犬同士の挨拶《あいさつ》になってしまう。

けれども心からの愛を込めて、オズヴァルトに告げた。

「私と一緒に幸せになって下さって、ありがとうございます。……オズヴァルトさま」

「……ああ」

オズヴァルトは小さく微笑んで、もう一度くちびるにキスをくれた。シャーロットはその大切な口付けを、心からの幸福と共に享受する。

（私は、オズヴァルトさまの妻なのです。――すべての幸せは、このお方の傍で）

そのことをはっきりと自覚しながら、オズヴァルトをぎゅうっと抱き締め返した。

神々からの光は穏やかに、オズヴァルトとシャーロットの上へと降り積もる。シャーロットの指に輝くのは、オズヴァルトから新しく贈られた守護石の指輪だ。

大神殿の広場には、シャーロットが数日前に咲かせた花々が、あのときよりもいっそう美しく咲き乱れているのだった。

書き下ろし　愛しい朝に口付けを

婚姻の祝福を授かってから一週間後、シャーロットたちの住まうオズヴァルトの屋敷では、ささやかな『引っ越し』が行われた。

というのも、これまでに使用していなかった陽当《ひあ》たりの良い部屋を、新しく整えることになったのである。

このために用意された調度品は、どれもセンスの良い一級品だった。

オズヴァルトが候補を選び、シャーロットにもたくさんの意見を聞いてくれた上で、この家にやってきたものたちだ。

寝台も絨毯《じゅうたん》もサイドテーブルも、何もかもが真新しく揃《そろ》えられている。窓際の花瓶には、『改めてのお祝いに』とやってきてくれたイグナーツからの花束が、甘くて落ち着いた良い香りを放っていた。

けれどもその夜、お風呂上がりのシャーロットは、真新しい家具に囲まれた心地良い部屋で立ち尽くす。

「……あのときの私の判断は、正しかったのでしょうか……」

「ど……どうした？　シャーロット」

神妙な面持《おもも》ちで呟《つぶや》けば、長椅子に座ったオズヴァルトが心配そうな顔をした。

それを申し訳なく思いながら、シャーロットは首を横に振る。

「後悔はないと決めたはずなのに、どうしても時々悩んでしまうのです。絶対的な正解などないと分かっていて、愚かしいことだと知りながらも……」

「……君が何を選ぼうと、その末にどんな困難に対面することになろうとも、俺が傍《そば》にいる。それでもまた迷う時が来るのであれば、ふたりで一緒に悩めばいい」

「っ、オズヴァルトさま……」

大好きな人の優しい言葉に、思わず瞳が潤んでしまう。

「ありがとう、ございます。オズヴァルトさま」

「構うものか。……何をそんなに悩んでいるのか、聞かせてくれ」

「私……。私の、選択は……」

オズヴァルトの足元にわっと泣き付いて、シャーロットは訴える。

「このお部屋の、カーテンが……っ！　オズヴァルトさまのお部屋に最も似合いそうな色合いにしなくて本当に良かったのかと、そのことをずっと迷っているのです……!!」

「…………」

悩みに悶《もだ》えるシャーロットに、オズヴァルトが生気のないまなざしを向けた。

「……なんだって？」

「このお部屋の、白いカーテンです!! 透けた朝日が差し込んだ際、オズヴァルトさまの黒髪や睫毛《まつげ》を美しく輝かせる色だと感じ、このお色を選ばせていただきましたが……!!」

「………………」

「オズヴァルトさまの大人《おとな》の色気、落ち着き感、その他諸々を加味した場合!! 深くて上品な色合いのカーテンにするべきだったのではないでしょうか!?」

「深呼吸《スティ》だ、シャーロット」

絨毯に座り込んで嘆くシャーロットを、ガウン姿のオズヴァルトが見下ろす。

オズヴァルトのこの姿を直視した衝撃のあまり、自分が少々混乱状態にあることを、シャーロットも薄々自覚はしていた。

「少なくとも俺に異論はない。俺の選んだ候補の中から、更に君が決めてくれた色だぞ？」

「ですがですが、オズヴァルトさまの大切なお部屋に……」

「それも間違っている」

「！」

身を屈《かが》めたオズヴァルトが、彼の足元に座り込んでいたシャーロットを抱き上げる。

シャーロットを自身の膝《ひざ》に乗せ、オズヴァルトは後ろからこう囁《ささや》いた。

「ここは、君と俺『ふたり』の寝室だ」

「…………!!」


改めて言い聞かされるその事実に、うなじまで赤くなったのを感じる。

「俺のことばかりではなく、君自身の好みも反映してもらえた方が嬉《うれ》しいんだが？」

「そ、そそそ、それは!!　オズヴァルトさまがお部屋にいらっしゃるだけで、私にとっては楽園ですので!!」

「っ、ふ。……そうか」

おかしそうに笑う声が聞こえてきて、お腹《なか》の奥がくすぐったくなる。

オズヴァルトは、お風呂で洗って乾かしたばかりのシャーロットの髪を指で梳《す》き、さらさらと遊ぶように零《こぼ》した。

（ふわわ……！）

オズヴァルトの手が髪に触れるだけで、シャーロットはいつも、心臓が爆《は》ぜそうになってしまうのだ。

なにせ、大好きな人がこの世界に生きている。

呼吸をして、心臓が動き、体温がある。

それ以外に望むことなんて、本当に、なんにも無かったはずだ。

（そのはず、ですのに……!!）

オズヴァルトの大きな手が、こうしてシャーロットの髪に触れている。

その鍛えられた腕がシャーロットのお腹に回されて、しっかりとした膝に乗せられていた。

彼の声が名前を呼び、笑い掛けてくれる。こんなことが現実になっているなんて、未《いま》だに信じられない心地になった。

「……いま、相当に頑張ってくれているか？」

「はい!! 気絶しないよう、全身全霊を込めて、意識を保っています!!」

それだけなんとか答えると、呼吸を止めてぷるぷる震える。

オズヴァルトは笑い、改めてシャーロットを慈《いつく》しむように抱き締め直して、耳元でこんな風に囁いてきた。

「まず、呼吸をしろ」

「息をすると、この至近距離とオズヴァルトさまの香りを感じてしまいます……！」

そう告げると、シャーロットのうなじに何かが触れる。

「きゃっ！」

オズヴァルトが鼻先を触れさせたのだと、一拍遅れて気が付いた。オズヴァルトはまるで、シャーロットに言い聞かせるように言う。

「……君と、同じ香りだ」

「……っ！」

オズヴァルトと同じ家に住み、同じお風呂を使っている。

そうして今日からは同じ寝台で眠るのだと、それを改めて意識した。今度こそ、本当に、気を失いそうだ。

（だ、駄目ですしっかりしませんと!! 気絶は一日に二回まで!! 今日はもう既に重い荷物を運ぶ際シャツを腕まくりなさったオズヴァルトさまと、私を助け起こして下さったオズヴァルトさまを間近に見てしまった衝撃で、もう二回は気絶済みなのですから!!）

「？」

シャーロットの葛藤《かっとう》を不思議そうに眺めながら、オズヴァルトは腕の力を緩めない。

シャーロットは必死に深呼吸を重ね、まずは酸欠にならないように気を付けつつ、とあることに思い至った。

「も、もしかしてですが、オズヴァルトさま」

「どうした？」

切り出してしまってから、勘違いかもしれないという不安に襲われる。

けれどもシャーロットは決めたのだ。

（オズヴァルトさまの妻である自覚と、オズヴァルトさまが旦那さまである実感を持つのです……！

ゆ、勇気を出して……）

少し後ろを振り返り、オズヴァルトの双眸《そうぼう》を見詰める。

「私のことをぎゅっとなさるの、お好きですか……？」

「…………」

妻として、これを知っておくことは大切だ。

恐れ多いという感情も、なるべく抱《いだ》かないよう決意している。

けれどもオズヴァルトの沈黙を受け、質問を後悔しかけたところで、再びやさしく抱き締め直された。

「……そうだな」

「きゃんっ⁉」

びっくりして変な声が出てしまう。

オズヴァルトは、彼自身の重みを少しシャーロットに預けた。その重量感が心地良くて、それなのに鼓動がどくどくと忙《せわ》しない。

（わ、私の心臓だけでなく……！）

感じられる早鐘がひとつだけではない気がして、シャーロットはふるりと身を震わせた。

（……オズヴァルトさまの、心音も……）

そのことに、左胸が甘く疼《うず》く。

締め付けられるような疼きは、恐れ多いと緊張する気持ちから来るものだけではない。恥ずかしいだけでもなく、それでいて、照れ臭さと呼ぶのも違う気がした。

オズヴァルトは、まるで大きな犬が甘えているかのように、シャーロットの首筋へと額を擦り寄せる。

「さすがに少々、浮かれているのかもしれない」

「浮かれて、とは……？」

どきどきしながら尋ねると、オズヴァルトは小さく囁いた。

「今日から毎晩、君と眠れる」

「〜〜〜……っ！」

叫んでしまうかと思ったところで、オズヴァルトにそのまま抱き上げられた。

横抱きにされたシャーロットが状況を呑《の》み込む暇もなく、長椅子の目の前にある寝台へと連れてゆかれる。


つまりそこは、ふたりのための寝台だ。


「んん……っ」

ぽすんと柔らかく下ろされて、シャーロットはあわく身じろいだ。

緊張して体が強張《こわば》るが、すぐに意識して力を抜く。

何よりも、こうして間近に見上げたオズヴァルトがあまりにも美しくて、自然と全身が蕩《とろ》けてしまうのだ。

「オズヴァルトさま……」

「…………」

部屋の灯《あか》りを背にしたオズヴァルトは、こちらを見て仕方なさそうに微笑《ほほえ》んだ。

「こうして見ていると、君は本当に無防備だな」

「……？」

その言葉に、シャーロットは首を傾《かし》げる。

「オズヴァルトさまの前ですのに、ぼうぎょ？　する必要は、ありません……」

「うん」

先ほどから色々な限界を堪《こら》えている所為《せい》で、どうにも思考がぐるぐるしていた。オズヴァルトがシャーロットの頬に触れ、耳までの輪郭を手のひらで辿《たど》る。

その感覚がくすぐったくて目を瞑《つむ》るも、幸福がそこから滲《にじ》んで伝わるのだ。

「……シャーロット」

その穏やかな声に、守られていることを強く感じる。オズヴァルトは、シーツに散らばったシャーロットの髪を指先で梳きながらこう紡《つむ》いだ。

「キスをしてもいいか」

「……！」

その言葉に、ぱちりと目を開いて彼を見上げる。

柔らかなまなざしに見詰められて、声が震えそうになってしまった。けれどもシャーロットは、小さく頷《うなず》く。

「……はい」

シャーロットもそれを望んでいるのだと、オズヴァルトにも伝わるように。

「口付けてください。オズヴァルトさ、ま……っ」

一度目に重ねられた口付けは、ほとんど不意打ちのようだった。

驚いて目を閉じたシャーロットをあやすように、耳をその指でくすぐられて肩を竦《すく》める。くちびる同士はすぐに離れたものの、オズヴァルトはシャーロットの目を間近に見詰めながら、二度目のキスを落とした。

「んん……っ」

上手《じょうず》に息が出来ないのは、くちびるが塞《ふさ》がれているからだけではない。

こんなに近くに居てくれるのに、オズヴァルトのことが恋しくてたまらなかった。縋《すが》るように彼の背に手を伸ばすと、オズヴァルトはぐっと何かを堪えるように眉根を寄せながら、少し長めのキスをする。

「…………は」

ゆっくりと身を起こしたオズヴァルトは、シャーロットの頬に手を添えた。

「困ったな」

「…………？」

僅《わず》かに眉を下げたオズヴァルトに、シャーロットはことんと首を傾げる。オズヴァルトはシャーロットを撫《な》でながら、少し掠《かす》れた声で呟くのだ。

「触れるだけのキスをする度に、足りていないのを実感する」

「……オズヴァルト、さま……」

深くて熱い口付けのことを、シャーロットもちゃんと知っている。

けれどもオズヴァルトに教えられたそのキスは、シャーロットの神力の封印を解いてしまうものだ。

「でしたら」

相変わらず思考がぼんやりしてしまい、上手《うま》く回っていない自覚はあった。けれどもシャーロットは、オズヴァルトの困りごとにひとつの提案をする。

「……夢の中で、しますか……？」

「……！」

つい先日覚えたことを口にすると、オズヴァルトが僅かに目をみはった。

その上で、彼は小さく笑う。

それからもう一度身を屈め、シャーロットに軽く口付けるのだ。

「いまは、現実の君がいい」

「！」

その言葉に驚いてしまうものの、どうしても嬉しくなってしまった。シャーロットもまだ眠らずに、オズヴァルトに触れていたいと思っていたからだ。

「……たくさん、してください……」

「……分かった」

再び重ねる口付けの前に、オズヴァルトに強く抱き締められた。

シャーロットも手を伸ばし、全身でオズヴァルトが好きだと告げる。お互いの体温が混ざるような口付けは、いつまでも甘く繰り返されたのだった。


「……シャーロット」

「ん……」

朝の光が差し込む中、世界で最も安心できる声に呼ばれながら、シャーロットは心地よく微睡《まどろ》んでいた。

窓際に飾られた花の香りと共に、部屋には春の空気が満ちている。

けれどもとってても眠たくて、シャーロットは目を開けられない。全身がぽかぽかする幸福に、口元を緩めながら身じろいだ。

「シャーロット」

「んむう……？」

呼ばれた方に寝返りを打つと、ぽすんと誰かの腕に収まるような感覚があった。

これが何かを知っている。

けれどもまだ夢を見ている気分で、シャーロットは身を擦り寄せた。

「……オズヴァルトさま……」

無意識に呼んでしまうのは、大好きな人の名前だ。

シャーロットにとって特別な意味を持つ言葉は、紡ぐだけで嬉しくなってしまう。

「起きたのか？」

「……ん……」

「……ああ」

起きていますと答えたかったのに、シャーロットはまだまだ蕩けていた。

暖かな眠りの浅瀬の中、手を伸ばしてぎゅっと抱き付くと、すぐ傍で小さく笑う声がする。

「眠っていても、俺のことを呼んでくれるのか」

ごつごつした大きな手が、シャーロットの前髪を梳くように触れた。

「んう」

額にキスをされたのが分かり、シャーロットは身じろぐ。

避《よ》けたかったのではなく、もっと構われたかったからだ。傍に居てくれる幸福の象徴にぐりぐりと顔を押し付けて、シャーロットにとっての幸せを口にする。

「……オズヴァルトさまの、おいしいごはん……」

「っ、は」

大きな笑い声を立てないように、くつくつと喉を鳴らしながら抱き締められるのを感じた。

「……夜が明けてしまったのは、確かに名残惜しいが」

少しだけ掠れた声が、耳元に落とされる。

「空腹なら、そろそろ起きよう。シャーロット」

そう言って、揶揄《からか》うように頬をつつかれた。

かと思えば、先ほどまで彼の胸元に埋めていたシャーロットの鼻先を、指がこしょこしょとくすぐる。

「んっ、ふふ、んん……。オズヴァルトさま、くすぐった……」

「目が覚めないのなら、もう少しくすぐるぞ」

ちょっぴりだけ意地悪な声と共に、彼が体勢を変えたのが分かった。

（……起きたいのは、やまやま、なのですが……）

我ながらなかなか覚醒できそうになく、ぼんやりと思考を巡らせる。

けれども次の瞬間、思わぬ場所にキスを落とされて、シャーロットは目を見開いた。

「きゃんっ！」

首筋を押さえて飛び起きる。上半身を起こしたシャーロットの隣で、オズヴァルトはまだ寝転んでいた。

「……おはよう」

「お、オズヴァルト、さま……っ!?」

凄《すさ》まじい動悸《どうき》に混乱するシャーロットを、赤い瞳が愛《いと》おしそうに見上げる。

オズヴァルトはこちらに手を伸ばし、ずれていたナイトドレスの肩紐《かたひも》を直してくれた。その触れ方がやさしくて、一気に頬まで赤くなる。

「あわわわわ……」

恥ずかしさに負けたシャーロットは、大急ぎで寝台から下りると、窓際に駆け出した。

急に動いてしまった所為で、力の入らない脚が震える。

カーテンの中に逃げ込み、それに包《くる》まって、オズヴァルトの視線に呼吸が止まらないようにした。

「君は一体何をしているんだ……」

「朝の！　ご挨拶《あいさつ》をする！　心の準備を!!」

なんとかそれだけ口にして、穏やかでない心音を落ち着けようとする。

けれども無情なことに、オズヴァルトはシャーロットの目の前に立った。

そうしてあっさりとカーテンを掴《つか》むと、中に隠れていたシャーロットを暴《あば》いてしまう。

「シャーロット」

「ひゃあああああ――――――っ!!」

透き通った朝日の中、その光が描き出すオズヴァルトの美しさに耐え切れず、絶叫した。

「あああああ、朝のオズヴァルトさま、私より先にお目覚めバージョン……!!」

「バージョン？」

「後にお目覚めバージョンは!!　無防備な寝顔のお可愛《かわい》らしさ、そこからの色気たっぷり眠そうなお声や少し緩慢な仕草など、普段のオズヴァルトさまからは摂取できない素晴らしさがあります!!」

シャーロットはカーテンの端を必死に引っ張り、それで顔を隠しながら捲《まく》し立てる。

「聖都での滞在期間、私が拝見していたオズヴァルトさまのお姿は、主にこちらのバージョンでした……!! うう、思い出すだけでも……!」

シャーロットは同衾《どうきん》の緊張のあまり、眠りがとても浅かったのだ。

かといって寝顔を見るのも恐れ多く、同じ寝台での睡眠時は、ずっとオズヴァルトに背中を向けていたのである。

「そちらに慣れることもない中で、私より先にお目覚めバージョンは、あまりにも大変なのです……!!」

「大変」

「はい!! 寝顔とは違った柔らかな雰囲気、どこかご機嫌なご様子と、私を見守って下さるようなお顔が……!! 駄目です、朝一番に受けるには刺激が強過ぎます!!」

「ひとまず俺は生きているだけで、君にとっての劇物だということはよく分かった」

「良い意味の劇物ですが、大好きすぎて心臓に悪いのです!!」

シャーロットがわあわあと訴える中、オズヴァルトが小さく息を吐いた。

「ともあれひとつ、分かったことがあるな」

「……?」

「カーテンの色だ」

浅い呼吸を繰り返しながら、シャーロットは首を傾げる。

するとオズヴァルトはふっと笑い、手を伸ばして頬に触れてくれた。

「君は昨晩、悩んでいたが。白を選んでくれて良かったと、俺は思っている」

「ど、どうしてですか？」

「それは……」

オズヴァルトがちらりと見遣《みや》ったのは、カーテンの中にいるシャーロットの姿だ。

初夏用である薄手のカーテンは、窓から差し込む朝日によって透けている。それは恐らく、中にいるシャーロットのシルエットを描き出していた。

オズヴァルトは、シャーロットを慈しむように目を伏せる。

「そうやって、カーテンに包まっている君が可愛い」

「〜〜〜……っ!?」

その瞬間、許容量を一気に超えてしまった。

「改めて行なう結婚式のドレスは、やはり一着目を白にしないか。——もちろん君の希望が他にあれば、そちらを最優先に」

「結婚式……!?」

思わぬ言葉に目を丸くして、シャーロットは慌《あわ》てる。

「あのう、式とは一体！　確か私たちは結婚当日に、結婚式を挙げているはずでは!?　私は記憶がないのですけれども!!」

「あのときは君の神力を封じ、気を失っている中で形式的な誓いを結んだだけだ。今回の婚姻の祝福についても、司教を除いてはふたりきりの儀式で、世間一般における『結婚式』とは異なる」

「そ、それは……」

確かにオズヴァルトの言う通りなのだ。

一切の記憶が残っていない結婚当日のことを、シャーロットはこれまでにたくさん想像した。自分たちの式はもう終わったことで、シャーロットが再び経験することはないと考えていたからだ。

（……婚姻の祝福を、授かって。……こうやって、毎朝オズヴァルトさまのお隣にいられるだけで、幸せでしたのに……）

けれどもオズヴァルトは、シャーロットにもっと多くのものを贈ろうとしてくれている。

「君の友人を呼び、イグナーツも呼んでやって、俺の部下たちに君を自慢する」

シャーロットが少しだけ泣きそうになったことを、オズヴァルトはきっと見抜いているだろう。

「式までに、俺の隣で寝ることに慣れてもらわないとな。当日を寝不足で迎えさせてしまうと、俺がハイデマリー殿に叱られそうだ」

「お、オズヴァルトさま……」

「今日はこれまでよりよく眠れていたようで、俺も安心した。……改めておはよう、シャーロット」

「…………っ」

朝の挨拶をする前に、思わずオズヴァルトにしがみついてしまう。

「あなたのことが大好きです、オズヴァルトさま……！」

ぎゅうぎゅうと抱き付いてそう告げると、オズヴァルトが頭を撫でてくれた。

「私は、悪虐聖女ですが」

「……」

やさしい指が、シャーロットの髪を梳く。それに身を委ねて、先ほどのように頬を擦り寄せた。

「大好きなオズヴァルトさまが、こうして慈しんで下さいます。大切に、して下さっています……」

ひとつずつ紡ごうとする言葉が、涙に滲んで揺れる。それを懸命に堪えながら、どうにかオズヴァルトに伝えた。

「その自覚が、ちゃんと生まれました。……オズヴァルトさまは、妻を愛《め》でて下さる天才です！」

泣きそうになりながら笑って告げると、オズヴァルトはゆっくりと紡ぐのだ。

「俺も」

「きゃ！」

オズヴァルトがシャーロットを抱き上げる。まるで大切な宝物を陽の光に透かすかのように、朝日の中のシャーロットを見上げて目を眇《すが》めた。

「自分がこんな風に誰かを愛せる男だということを、知らなかった」

「……！」

君が教えてくれたんだと、オズヴァルトがシャーロットに微笑み掛ける。

その表情が嬉しくて、シャーロットは再びオズヴァルトにしがみついた。バランスを崩しそうになり、「落ち着け《ステイ》」と窘《たしな》められるものの、再び強く抱き締めてくれる。

一度だけ口付けをするつもりが、それからしばらくは離してもらえなかった。
どうやらシャーロットの愛する旦那さまは、妻を溺愛《できあい》する方針のようである。

終わり

あとがき

雨川透子と申します。この度は、『悪虐聖女』の2巻をお手に取っていただき、ありがとうございました！

1巻の悪虐聖女は、『推しの夫が大好きすぎる残念聖女と、塩対応のつもりが絆される天才魔術師の物語』でした。

まさかの続きを書かせていただけることになった2巻は、『恋愛感情に開き直ったら最強になった（けれど妻の緊張は尊重する）夫と、大好きな推しの愛する妻になってしまった事実に大混乱の聖女』という関係性に変化しております！

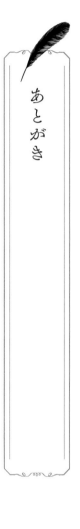

そんな2巻を表現するサブタイトルは、私と悪虐聖女の担当さまでそれぞれ複数考えていたすべての候補が完全一致するというミラクルを起こし、以心伝心にとってもにこにこしました。

想定外の溺愛に大混乱のシャーロットを、じっと辛抱強く（？）落としてゆくオズヴァルトと一緒に見守っていただけましたら、こんなに嬉しいことはございません！

そして今巻も担当さまにとてもお世話になってしまい、申し訳なさとありがとうございますの気持ちでいっぱいです……!! この場を借りて改めてお礼申し上げます、ありがとうございました!!

1巻に引き続き、今回も美しいふたりのイラストを描いて下さった小田すずか先生、本当にいつもありがとうございます……！

ふたりの新たな関係性をはじめ、どのキャラクターもとても魅力的に描いていただき、とっても嬉しいです！ 特にカバーイラストはぜひぜひ皆さまも、1巻との変化を比べてお楽しみください！

そして本作は提灯あんこ先生によって、素敵なコミカライズを描いていただいています！

あんこ先生の、可愛さ、健気さ、格好良さとドキドキ、戦いの迫力がぎゅっと詰まった悪虐聖女ワールドが、これからも楽しみでなりません！ あんこ先生、ありがとうございます！

そして何よりも読者の皆さま！ 2巻でお会いすることが出来たのは、応援してくださった方々のお陰です。心から大好きですとお伝えさせてください！

願わくは本作が、少しでもお楽しみいただけていますように！ 重ね重ね、ありがとうございました！

悪虐聖女ですが、愛する旦那さまのお役に立ちたいです。（とはいえ、嫌われているのですが）

著：雨川透子　　イラスト：小田すずか

目が覚めたら記憶喪失になっていたシャーロット。『稀代の聖女』と呼ばれていた力は封じられているけれど、そんなことは些末な事。なぜなら私の旦那さまのオズヴァルトさまが格好良すぎるから……！　「私、あなたに一目惚れいたしました」「俺は君のことを憎んでいる」どうやら過去のシャーロットは残虐な振る舞いで人々を苦しめていたらしい。それならば、記憶喪失であることは隠して、お役に立てるように頑張ります！　旦那さま最推しの悪虐聖女と不器用な天才魔術師のハイテンション・ラブコメディ！